张远伦 著

野猫与拙石

GUANGXI NORMAL UNIVERSITY PRESS
广西师范大学出版社
·桂林·

野猫与拙石

YEMAO YU ZHUO SHI

图书在版编目（CIP）数据

野猫与拙石 / 张远伦著. --桂林：广西师范大学
出版社，2022.10

ISBN 978-7-5598-5322-6

Ⅰ．①野… Ⅱ．①张… Ⅲ．①散文集－中国－当代
Ⅳ．①I267

中国版本图书馆 CIP 数据核字（2022）第 152700 号

广西师范大学出版社出版发行

（广西桂林市五里店路 9 号　　邮政编码：541004）
（网址：http://www.bbtpress.com）

出版人：黄轩庄

全国新华书店经销

广西广大印务有限责任公司印刷

（桂林市临桂区秧塘工业园西城大道北侧广西师范大学出版社
集团有限公司创意产业园内　　邮政编码：541199）

开本：787 mm × 1 092 mm　1/32

印张：10.125　　字数：200 千

2022 年 10 月第 1 版　　2022 年 10 月第 1 次印刷

定价：59.00 元

目　录

两斤半

我常常一个人在石墙外的枇杷树下玩。玩的是什么呢？爬树，跌落，索性睡在泥地上抠脚趾，嘴里哼哼唧唧，像一只没有觅到食物的竹鸡。终于有一天，我会唱歌了：哼哈，哼哈，哼哈。

引　子

　　灰二疯了。

　　没有任何征兆地疯了。有一天半夜，它突然在柴房里吠叫起来。叫得没有任何规律，既有狂乱嘶鸣，叫声里充血；也有低沉悲声，像是嗓子干涩成沙漠；还有断断续续的拖沓之声，它匍匐着一边抓扯泥土地板，一边对着虚幻的一生宿敌；还有尖锐刺激的啸叫之声，像是有发泄不了的满腔愤怒和痛楚。

　　"嘭嘭"，它在撞击夜晚封闭的木门。

　　父亲说："糟了，灰二癫了。"

村庄不大，一声狗叫，可以关照全部土地

村庄不大，一声狗叫，可以关照全部土地
余音可关照更远的旷野

————《一声狗叫，遍醒诸佛》

不知何时，我家便有了"灰二"。我一直怀疑是先有灰二，后有我。从我有记忆开始，灰二就是我的玩伴。不知道它是否在我混沌未凿的那四年里出生的，也许它比我后来这个世界，也许比我先来。

这重要吗？

当然重要。我是傻瓜，别看我会写诗。从小到大，一直到我进入中年，成了诗人和作家，写了八本书，从事专门的文字工作，我的叔祖父，一直叫我"闷龙"。这个方言的意思是，我在村里亲人们的眼里，是个内向的、沉默的、笨拙的，傻瓜。

我想弄清楚灰二的出生，我想证明它比我晚生，是我的妹妹，我比它懂事——这意味着我比它聪明，我有了真正的跟班。

它似乎具有女性的所有天赋。它爱美，喜欢发言，动不动就黏着我，向我的怀里一滚，我就必须将就它，宠溺它，

给它分小半个烤红薯。在我手掌未落的时候，它便把脖子拉直，伸出很长的舌头，把我的红薯卷走了。那舌头的翻卷简直就是一种高超的艺术，常常弄得我一点反应都没有。烤红薯很烫，我都要一边吃一边往嘴里喝冷风，不然会被烫出口腔溃疡，若不小心滑进肚子，会把胃烫得痉挛，像是一团火焰被我吃了，高温在体内奔突，很久才能熄灭。然而它不怕，它把小半个红薯吸走，衔在嘴里，搁置在牙齿上，一紧一松，再一紧一松，把红薯连续翻转几下，热气蒸腾出来，像是它的嘴里在烧开水，很快，红薯就常温了，它不用咀嚼，张开喉咙，一下子就塞进自己的食道里。我至今记得它快速冷却红薯的动作，完全是天赋异禀，比我更懂得利用物理学。它和我一样心急，心急吃不得烤红薯。但它吃得。

它爱叫，而我会连续几天没有一句连贯的话。我的话语是：嗯？哼哼！说得最完整的"去"，也只有一个字，清脆，干净利索，但是下滑音；还会变异为"崔"，依旧是下滑音。

这就是我对灰二发出的言简意赅的语言。

然而它不一样。我说一个"去"，它会回应很久：嗯嗯嗯嗯嗯嗯嗯嗯嗯呢……每两个"嗯"字中间会有语音语调的变幻，会有婉转曲折，会有高低起伏，会有长短快慢。它在撒娇，在亲近我，在乞怜，在蹭我，在舔我，在用它的尾巴扫我、绒毛挠我，它还在用那澄澈的眼睛温柔地看着我，我要是没有拥抱的意思，它还会把眼睛里的张力放大，适当挤出点反光的眼液，逼视着我。

我能怎样？

于是便拍拍它，抚摸它，抱抱它。它便会把语言收敛起来，低声说道：嗯嗯。

意味无穷啊！

我想我在那几年里，聆听和学会了另一套语言。我在和它的情感交流中，出不来。于是我不会说人话。当然也不会说狗话。但是我能听懂很大一部分狗话。现在想起来，为什么我会成为一个语言工作者？真是一个天大的错谬。

我常常一个人在石墙外的枇杷树下玩。玩的是什么呢？爬树，跌落，索性睡在泥地上抠脚趾，嘴里哼哼唧唧，像一只没有觅到食物的竹鸡。终于有一天，我会唱歌了：哼哈，哼哈，哼哈。

这时候，灰二叫了起来，有人来了。是我外公。外公走过来，说：闷龙，你唱的什么歌？

"逍遥歌。"

为什么会是这样一种歌呢？这三个字我从哪里听来的？何为逍遥？这几个字把我自己惊倒了，也把外公惊倒了。他晚上说给做工回来的母亲听，母亲也惊倒了。母亲是文盲，不懂逍遥；一旁的父亲更惊倒了，他在镇上的"文昌宫"读过高小，勉强知道"逍遥"的意思。

四十多年过去了，每当我回村，亲人们说起我童稚时唱

"逍遥歌"的事情，都会哈哈大笑，我也傻笑。我一辈子都是"闷龙"，能唱几个虚词组成的"逍遥歌"，实在是太好笑了！

灰二，从来没有哂笑过我。

它在一旁，似乎听懂了我的"逍遥歌"，它说：嗯呀吁嗯呀。它用很浓重的鼻音和我说话，声音像是在嗓子里打转，然后徐徐吐出。当所有人都在惊异而后大笑的时候，它有些超然物外地微笑着。我看着它，它也看着我，两只耳朵一直竖立着，像在有意无意地倾听人间的一场交流。它眼角微微收拢，眼眸半露，轻微的笑意像是内蕴于心，让我们没有注意到它的欢乐。

不过，它微笑的神情，我会记得一生。

那是一种怎样的低眉顺眼和默然赞许？

当中年的我看到任何一只狗，朝我微笑，朝我的孩子们微笑，朝这个世界的未知微笑的时候，我都感觉到了那种"神性"。

当然，小时候，我不觉得灰二的微笑是神性的。只有经历了许多事情，送走了许多亡灵，大悲大喜都见多了，才会觉得那微笑是神性的。只有当我们都把丑陋和恶俗看了个遍，我们才会知道：干净的善，是神性的。

唱歌之后，第二天清晨，灰二在晨曦中展开了喉咙，吠叫了几声，像打鸣的公鸡，向人间报晓。何以狗干了鸡的事情？我也很久没有弄明白。狗性总是比人性多几分难解，难解到我都听不太懂的时候，我就只能说：它们是神秘的物种。

那几声吠叫，穿透了我的梦境，也穿透了整个村庄。村庄不大，一声狗叫，就可以关照到全部土地，余音可以关照到更远的旷野。当然，这叫声一直关照着我，我在狗吠的"余音"里，苟活了四十五年，灵魂里缭绕不断的清凉之声，像一个清道夫或吸尘器，一直在清理我的污垢和秽物，像是在清理一个病躯里的病灶，也像是在清理实用主义里的功利主义，更像是在清理朗朗乾坤之内的朵朵乌云。

一声狗叫里，九十岁祖母，在近处，在远处

> 九十岁老妪的枯竭之身。在狗叫的近处
> 她的生茔，在狗叫的远处
> ——《一声狗叫，遍醒诸佛》

祖母是村子里的草药医生。村子里的白崖上，有一个错层平台，上面长着一些珍贵的草药。白崖就在我的视野里，看上去很近，我和灰二要走近白崖的话，需要半个小时以上。我常常会看着白崖上的白云跳到更为苍茫的白中去。那白的空荡之境，祖母曾经进入。

当然，白云们常常轻生，去悬崖之外的空无中获得云的审美价值。而祖母不是，祖母只是不小心在拨弄一株刺黄连

的时候，没有拽紧救命树，跌落下去。

祖母命真大啊。她折了腿。从此再也干不了重活，换不来工分。但是，她可以给村里人接生，治头痛脑热，疗创伤疮疤。然后人们会感激她，赠予工分。我母亲为了能全心干活，会把我扔在祖母那里，然后也给祖母工分。祖母一瘸一拐地在村子里活成了有光芒的人物，地位仅次于两百公里外那位虚名遐迩的民间骗子。

于是，祖母、闷龙和灰二，每每在阳光遍地的春日，构成村子里最为悠然的三角。我在杀猪的长条凳子上睡着晒太阳，祖母裸露左脚，正在红红的膝盖上搓细细的麻绳，这种紧密坚韧的麻绳扎出来的鞋底，往往可以用上几年也不坏。她眯着眼，盯着针眼，像是要把春阳富余的部分全部从这微小的眼里引过去，照到自己的痛处，从而缓解这时常发作的后遗症。而我的灰二，蜷曲着，睡在我和祖母构成的直线之外，它和祖母自然构成一条直线，和我也是，于是它就在我们这三角的顶角，仿佛与人世无关，超越所有伤痛和不如意。怡然自得地躺在春阳的抚慰之中。

要是我小时候受过什么神话启蒙的话，那就是一位"神医"，与一条"天狗"，和一个"闷龙"所叙述的亦真亦幻的情节。

情节简单，但是细节深入我的骨髓。

比如有一年冬天，我正在火塘边烤红薯。突然听到祖母惊呼：闷龙，你听到什么声音没？

没有啊？

不，一定有。你看，灰二不见了。

我迅速来到后檐沟，发现灰二全身僵直，兀立在墙边，肌肉的颤抖引起全身黄毛的颤抖，它仿佛看到了不该看到的事物。

原来，是一只箭猫，撞死在土墙上，摔下来，委顿下去，挺直在地上，像一只小虎，突然遭遇变故，横死在异乡。我也很多年没有弄明白，箭猫为什么会出林来，撞祖母的墙壁。是冬雪中的饥饿，还是癫狂入魔？那时候太小，我没敢仔细地观察那只箭猫。后来它被叔祖父刮了皮，在冬阳下晒了半个月，那皮毛唯美，黄黑中透着白，在风中像一个王者的躯壳，令我的灰二很久不敢去那边玩耍。皮毛上散发出浓烈的腥臭，野性的气息仿佛令整个院子都笼罩在巨大的荒野中。箭猫的皮毛晒好后，被叔祖父平铺在床上，每次我睡上去，都会感觉有些烧背。几十年来，要是我觉得身体微恙，叔祖父总是对我说：回来吧，睡睡我的床就好了。说来也真是，要是咳嗽这样的小毛病，一连睡上三个晚上，保管好。

那天，灰二被吓着了。

吓得连报警的吠叫声都没有传达给我们，但是它很机警，最先发现了异样，而后去到院子后面，和那只死去的箭猫对峙，直到祖母和我唤它，才回过神来，缓缓地后退，转头，离开。我知道，它还在默默地关注这只箭猫的后事。那几天，它甚至不愿意到祖母家里去，要不是陪我，它会远离那来自山野的小兽。

又一年的冬天，祖母愈发老迈，灰二却显得成熟丰润了些。

祖母受到全村人的尊崇。他们感恩的方式就是在腊月，请祖母去吃庖汤。杀了年猪，请最亲近的人和最尊贵的人去吃鲜肉炒白菜头、回锅肉炒渣海椒、青菜豆腐猪血汤。我也会跟着去，祖母必须带着我，对主人家说：我们家闷龙太瘦了，来你家补补。是的，真是太瘦，而且常常觉得倦怠。父亲曾在祖母的指导下，为我的手掌挑过"瞌睡虫"，就是在掌纹中发青的那种地方，用针刺破，把血肉挑一点出来，说是以后就不会疲倦了。当然是没有效果的，我依旧无精打采，最关键的是除了"逍遥歌"，我的语言能力几乎为零。

那天，风雪也很大。原本杨家桌子下的大黄公狗是蜷缩着的，不知何故，突然蹿出来咬到我的腿肚，一看，齿印深深，血迹斑斑，整齐得像是突然刻上的文身。我先是一愣，继而痛出了汗水。

灰二突然跃起，径直向那只健硕的公狗扑去。两只关系良好的狗，为了我而大打出手，显然灰二不是对手，但是它依旧不断地向公狗扑腾和撕咬，直到杨家主人把公狗呵斥走开。

那时候，被狗咬了不会打狂犬疫苗，也不会进医院。只需要祖母的草药敷几天就可以了。我被狗咬不止一次。许是我身材瘦小，许是我精神萎靡，狗见狗欺，我被白家的狗咬过，邓家的狗咬过，罗家的狗咬过。至今腿脚上的疤痕尚在，赫然见证了少年的我、童稚的我是多么不讨狗喜欢。

我家灰二喜欢我，不过它也不能天天保护出门的我。它还需要看家。家里的两间房子里实在没什么可以守护的。但是，看家狗的意义就是守护那个符号的"家"。尽管它守护的是贫穷，那也是"家"的含义。

祖母更加老迈了。她已经进食困难，半天不说一句话。像我一样，她有了表达困难，她的语言系统是回忆和联想。她眼里时常闪烁异样光泽，定是内心的语言触摸到了柔软之处，想起一生中的爱与温暖，便会用瞳孔里的光芒说出来。我会和她的光芒交流。我的眼睛也会说话。当然灰二的眼睛更会。它依旧微笑着，看着祖母。它似乎永远都在微笑。

更高一点的诸佛寺，在一声狗叫的尽头

更高一点的诸佛寺

在一声狗叫的尽头

——《一声狗叫，遍醒诸佛》

想起一生中魔幻的事情，雪花便落满诸佛寺。

灰二见到箭猫的事情，已经足够魔幻了，然而还有更魔幻的。

我逐渐长成了一个少年，喜欢上了书法。我喜欢看老先生为村里人写的婚联、寿联，甚至挽联。我会研究他们的运笔。我那时候不知道什么是逆锋起笔，更不懂藏锋。只知道他们写字的时候声东击西，充满变化，变化就是美。我学着写字。在我家水井边缘的石头上刻上井名"干水井"。为什么叫这个名字呢？因为这个水井并非一年四季日日流淌，而是只有天上下雨，才会浸一些出来，慢慢积满，我家便能勉强用上三五天，一到旱季，便干涸见底。

我带着灰二去水井边刻完字，决定要到诸佛寺的山顶去看看。据说山顶上有古井，说来奇怪，我的平畴上，水源稀缺，难道是全涌上山顶了？造物之神奇，莫过如此。这让我想起后来我写过的几句诗：水往高处走／时间倒着流／你若孤独／便可违反真理。

我长这么大，第一次上诸佛寺。这座寺庙遗址在兀立的山顶，攀爬上顶大约需要半天，实在不是我时常能去的地方。但是，我决定去。因为我昨天听到写对联的李老先生说：山上和尚墓上的书法真叫好啊！

我想上去拓字。我的拓字就是用白纸蒙在石碑上，用铅笔不停地涂抹，直到阴刻的字迹，以空白的形式呈现在一片灰暗之中，像是被禁锢的灵魂一样，有了飞翔的感觉。我认为书法的美，是动态的，这与我的秉性有关。我性格拘谨，但是骨子里喜欢天马行空，龙飞凤舞。这是一种矛盾对立的心理在我的体内实现融合和统一。写字，会让我觉得自己还有救。闷龙，写着写着，就会变得真的像是墨迹斑斑的黑龙。

我一个人是断然不敢上去的。山高林密、路径难通，这也就罢了，想想那些阴森的青冈林中藏有众多坟冢，就会令我浑身起鸡皮疙瘩。尤其是，这回是明知山有坟，偏向坟山行。好字，就在墓碑上。

于是我带着灰二于清晨出发。一路上的艰苦自不必说。当我们扒开密林，抵达"性聪大和尚"墓碑前的时候，已经是中午了。灿烂的阳光穿透树林，将光斑打印在我和灰二的脸上，也打印在大和尚的墓碑上。泛白的石头上刻印着蕴含古意的繁体字，一扫我因为忧惧而产生的内心阴霾。我感到了愉悦。

主碑上写着：圆寂亲教恩师上性下聪老和尚之墓。落款时间是同治八年。这是一座清朝末年的古碑。从主碑上我看不到多少书法价值，但是一副碑联引起了我的关注。

下联是：一灵返本涅槃山。上联是：四大归空真……我睁大眼睛，仔细辨析，仍旧不能确定上联的后两个字是什么，还好在父亲的教导下，背过《声律启蒙》，大概知道一些对仗的窍门，便胡乱猜想最后一个字是"水"，但"水"之前是什么字，就猜不到了。我想：这下遗憾了，拓字不全，残缺不美！

先不管了，我决定把能看见的字先拓了再说。便取出白纸，贴在石柱上，慢慢熨平，取出铅笔小心翼翼地涂。这个过程是缓慢精细的，容不得走神。手风要均匀利索，不能有轻重缓急的太大差别。尤其是左手一定要将纸片摁紧了，不能有丝毫挪移，否则前功尽弃，字体变形，只有重新拓。

我在林中慢慢出神，仿佛禅定。灰二也驯良地蹲在香炉边，专一地看着我的动作，像是在崇拜文化人。它沉静地蹲着，像是一粒繁体字，落在山石上，不动，自有意义；不叫，自闻经声；不朝我微笑，自蕴藉着善。

整片坟地太寂静了。

寂静得每一座墓碑上的和尚名字都在发出询问的声音。他们仿佛都在问我：你所为何来？而我也寂然不动，用手指之下的沙沙声回答着他们。而后，和尚们的亡灵便互相探讨一个蠢笨的少年何以打扰他们的清修，何以对死去的字迹如此执迷，何以一条狗能够和这种寂静保持一样的平和，何以他们的另一个世界，也就是我和狗的世界，是他们也能看见的，何以我们也看见他们并听见他们的讨论。

灰二竟然睡着了。

哦，不，可能也是禅定了。

而我已经拓到了上联的最后两个字。这两个字是抚摸不到笔顺笔画的，是没有痕迹和触摸感的，是臆想不到它们的行走路线的。然而，我似乎看见一个小沙弥，在用錾子一点一点地雕刻石柱子，雕好的最后一个字，吹走我心灵里的灰尘，吹走我眼睛上的阴影，吹走我智商里的呆傻，吹出我语言系统里的常用之词，吹出我混沌初开时的破天之光，我看见了两个字：善水。

上善若水。魔幻般，奇迹般，出现在我的白纸上。被我完完整整拓出来了。

但是，当我取下完工的拓片。再看石柱上，依旧看不到那两个字。用手掌抚摸，也抚摸不到那两个字。

善水，在哪里？

我和灰二起身下山，一路上我都在想：下次，再来拓字，看看"善水"到底还在不在。我是不是真的遇到了奇幻之事。只是很遗憾，三十多年过去了，我为了生活疲于奔命，一直再无机会去重新拓那一副对联。前不久，听说此地要建设苗城。许是性聪和尚墓碑遗迹已经没有了吧。

过了一段时间，我们为祖母修建了生茔。它也藏在诸佛寺下的某处林中，每天都能被灰二的叫声关照到。而更高一点的诸佛寺，在一声狗叫的尽头。灰二的声音，天天都穿透云雾，抵达诸佛寺的顶点，当然，也抵达了性聪大和尚的禅境，但愿没有打扰到那些"善水"的亡灵吧。

它的命重两斤半

这是一只名叫灰二的纯黄狗。她新生出的女儿
名叫两斤半，身上的毛黑里透出几点白

——《一声狗叫，遍醒诸佛》

刘二叔降生的时候，沉实，放在秤盘里一挂，好家伙，八斤。以后就叫刘八斤吧。

邓表叔降生的时候，肥实，放在秤盘里一挂，还不错，七斤。以后就叫邓七斤吧。

我家纯黄狗灰二，赶在衰老之前，诞育了一个女儿。

那天晚上没有月光，但是空中的星辰异常闪亮。天刚黑，父亲说：今晚天空像是被雪洗过。我看确乎如此。夜幕很单纯地黑着，黑得发蓝，黑得像星辰的母亲的子宫。星星一粒一粒，一枚一枚，一片一片，一幕一幕，清晰地显示出来。真是好天，母亲说。

午夜，我从睡梦中迷迷糊糊醒来，听到厢房里有响动。隐约听到父亲说：这畜生，还凶。凶就是厉害的意思；有力、有精神的意思。

我爬起来，循声而去，看到灰二瘫倒在稻草堆里，身上痉挛不已，屁股在手电筒的光照下反射出血红。你有没有过这样的等待，一个粉红的狗儿，被分娩出来，你惊喜莫名，

又忐忑不安，还满怀期待，等着，第二个粉红的狗儿，温柔地滚落在稻草上。过了一阵，又一个滑出来，拳头一样的、通透的身子自然舒展……母亲仿佛不再阵痛了，只是发出哼哼声，低沉，却有穿透晨曦的力量，所有的孩子围着母亲的肚腹，吮吸着各自的奶头，像是早有安排和调度，这时候，那在草屋里的生命盘，血水悬垂，闪着神迹的光。

> 你是经历过这样等待的人
> 就会对畜生也满怀敬畏
> ——《等待》

灰二经历了它一生中最伟大的一夜，最神性的一夜。

第二天清晨，我看到它安静而柔软地睡在草屋里，孩子们也在酣睡。母亲和儿女都鼻息均匀，神态祥和，像是刚刚经过神灵的迎接。母亲说：他老汉，赶紧叫人来捉狗儿吧？我们家的粮食不够人吃。

父亲说：等几天吧，离开娘，狗儿活不了。

过了十多天，公狗儿纷纷被亲戚们捉走了，只剩下一只母狗儿。母亲咬咬牙，说：哎，我们自己养着吧。

这只狗儿胖嘟嘟的，毛色黑里透着白，天然地，有女婴像。它长得好看，只是因为村民们都喜欢公狗——不用担心怀孕生狗儿后费粮食，便放弃了索要它。它命数里就是我的。

它应该叫什么名字呢？花花？太俗了。考虑到它排行第六，身上黑毛多，母亲说，叫"黑六"，我不喜欢这个名字，好像给一个漂亮的女生取了一个粗犷的男生名字，于是我摆摆头。

父亲看了我一眼，好像在说：你不喜欢？那我们按照风俗来：称重。

父亲找来杆秤，把母狗儿放在秤盘上，轻巧地一抹秤砣，秤杆就平直了。两斤半。

好吧，就叫它"两斤半"吧。

希望它的命也有两斤半重，父亲说。根据村里跳傩戏的老巫师的理论，一般来说，一只小狗儿的命重，最多不过两斤，能有一斤就不错了。但是我们都愿意相信：我们家的母狗儿，命重两斤半。

两斤半很快地成长起来。任何外人路过我家门，它都要吼叫着，追出去很远。要是有人要进门，它跳起来，直起身子，和来人比高。当然它即便直立起来，也很矮。但是它的气势不低，心气不矮。直到来人悻悻退出，它才会降低身段，追逐出去。除非我们招呼，没有人进得了我家。

我们的亲戚后来知道了安抚两斤半的诀窍，便是老远就咳嗽，引出它，然后直呼其名"两斤半"，果然，它便安静下来，知道是自己信任的人来了，不然不会叫出自己的名字。后来，这个秘密成为村子里公开的秘密，大家都知道它叫

"两斤半"，如是要来我家做事，便会老远叫它。它便摇摇尾巴，表示许可，它的表情，便是通行证。来人战战兢兢地不断叫着"两斤半"，生怕它突然反悔，朝他们扑去。

而每当两斤半示威的时候。年迈的母亲灰二便会一声不吭，木然地蹲伏在角落。

两斤半是有直立行走的天赋的。为了训练它这一天赋，我想了一些办法：把狗食放在手里，手掌举高，诱导它慢慢把头昂起，把身子往上提升，直到站得近乎垂直了，才让它的嘴唇够着狗食，仿佛获得奖赏；有时候，我会把一根木桩固定在院坝里，上面放上小半个烤红薯，让它自己去夺取胜利果实。两斤半便会风驰电掣地奔过去，瞬间扯直身子，先是用前爪抓取，未果，继而直立着一跃而起，一道闪电，嘴唇衔住了烤红薯，大快朵颐。

而灰二就在远处看着女儿的表演。它有些呆滞了。它和我关于小半个烤红薯的生命表演，已经交由两斤半来代替了。

尾　声

父亲和母亲，合力把发疯的灰二赶出家门。他们认为家里留着疯狗，是不祥的。即使这只狗陪伴他们多年，陪伴他们的儿子度过了蒙昧期，也不会因此感恩，而将它容留。

晚年的老母狗，竟然像一只年轻的公狗那样无端癫狂，我们都始料未及。

我听到它在我家后面的水洞子嗥叫了整天，声音渐渐像是有了魔性。晚上，它居然还识得路，又回来了。我远远地不敢近它的身。我和它突然有了隔膜。现在想起来，我也潸然泪下，实在不应该疏远它，尽管它已经不再认识我，不再向我微笑。我应该抱着它，对它说：宝贝，安静！

然而我终究没有那么做。我尚年幼，不懂人狗之情的本质。我以为它那时候已经部分成了我的敌人，和杨家的狗、白家的狗、邓家的狗没有多大区别。

父亲和母亲又合力把它赶出了门。只要它回头，父亲就会用木棍敲打它的腿和嘴。它是流着满嘴血离开的，它是瘸着腿离开的。

三天后，我在距离我家三里地外的草场沟找到它。它躺在废弃的水井旁边，浑身被溢出的泉水洗得干干净净，毛发柔顺，神情安详。

它嘴里再也没有牵线一般滴落的血水。

面对大河

我有时候躲在芦苇丛中，露出半身，或者半身的浪漫。宽阔的江滩只有这里，可以躲太阳，蜷缩进去，像雏鸟，收起自己的玩心，在沙土和植被的接合部结巢而居。

面对大河会有战栗的幸福

世界是个巨大的连通器，以海域和流域的形式互相抚慰。我和我的孩子，在这个连通器上保持着平衡，又互相慰藉。她慰藉我的时候更多，让我本身的动荡，在她的静水面前，感到有必要停止野心和思考。

诗人是成人世界里的孩子，米沃什说。童真和善，也让我决定放弃许多。

庚子年大疫、大洪水，我有小小的变迁。个体命运在宏大的现实背景里，显得微不足道。我又搬了一次家。我害怕搬家，而又一次次被裹挟，不得不搬离。我像是一节绿皮车厢，被不可预见的某种动力，运送到一个又一个陌生的地方。

这次，我被运到了长江边，与老旧的铁轨一起，与慢悠悠的成渝线一起，躺在河床之侧，仿佛把自己嵌进旧日子里，回到二十世纪八十年代。

一切都那么沉寂、安然，连我的孩子们，都似乎生活在我的少年时光里。我和她们，一起穿越，逆生长，大河也少年一般流淌着，我祝它少女的惊惶来得晚一些。

我们一起放风筝，玩河沙，抓螃蟹，一起在江水里洗手濯足，找五色长江石。我们支起帐篷，懒懒地眯一会。我们躲进芦苇丛，吸氧，躲太阳，静听其中小鸟的避世密语。

近两年微恙，日渐消瘦，怕再这样下去连骨头也会变轻，尤其是傲骨也会被疾病消磨，人会变得越来越媚世，流露出乞怜之相，便下决心去住院，手术，而后静养。出院后枯坐于面江的阳台上，突然想起该重拾阅读了。

这次读的是米沃什的《面对大河》。

诗人写《草地》时年纪已是耄耋，历经沧桑，面对大河，生命趋于平静，置身河滩的光线和香气中，幸福得流泪，仿佛就要消融在此了。而我和孩子们的河滩，牛筋草遍布，绿得像是布施，一点一点地将大河的恩赐推向人间。其间，白鹭在江面上点击，喜鹊在苇丛里出没，它们应是和我一样，因幸福而有小小的战栗吧！

和长江聊天

万物都在与诗人对话，说着固态、液态或气态的语言，声部由高而中而低而耳语而密语而沉默。沉默是所有语言的总和。

当我坐在双鱼形状的沙洲上，我感受到大水冲积的力量，像一滴雨乘着云，像一片鹭羽凭借着风，我被什么神秘的力量托举着，而又不能为这种亘古的力量命名。我唯有沉默，与它对谈。

而大水分化为浪头，试图爬上岸。这些成群的动物，发出特有的鸣叫，向高处攀升。所以我说：水往高处走，时间倒着流，你若孤独，便可违反真理。

我确乎听到了它们成滴，成浪，成涛的问询声，家长里短，嘘寒问暖。它们试图探知我在人间的状态：过得如何？身体可有好转迹象？名利日益诱人何以挣脱？善和悲悯是否都有无力感？最重要的存在之诗是否指向虚无？

我仍用沉默回答。沉默是所有答案的总和。

有一次我们聊到了时间。枯荻用一头飞絮说残冬，蓟草用一片嫩叶说早春，芦苇用一蓬深绿说立夏；而今，大河用后撤步，用水的陷落，向我叙述整个流域的渴水。我听见它的男中音，被鲸形石的喉结推送出来，在大河床的共鸣腔里，形成了诗和美声。

在时间的火焰形态里，幻化着亡灵的昨日，把黄昏引燃，百畜骸骨久远地烧成灰烬。在龙凤寺边隐秘的香火里，在苇丛深处不为人知的祭祀里，我意外撞见了时间的痛苦，所有火苗都在翻卷。时间用火诠释水，内焰与漩涡都发出古典乐的声音。

我仍用沉默和声。沉默是所有时间的总和。

人越来越多，没几个愿意倾听了。"君之疾在音频20赫兹以下"，而我听力已达死水微澜。春过半，江水落魄，笛音逐渐幽邃，像非人力所能为。

大自然本身爱上他们了

一切诗人都相信：谁要是躺在草地里或是偏僻的山坡旁竖起耳朵倾听，他就会听到天地之间的一些事情。如果他们碰上温馨的感情冲动，他们就老是认为，大自然本身爱上他们了。

——尼采《查拉图斯特拉如是说》

从渝中区搬到九龙坡，仿佛鬼使神差。没有预谋，没有计划，甚至没有一点征兆。我开始迷恋这里的河滩，九龙滩的滩涂，更是我的小女儿的最爱。她喜欢那里宽阔的沙滩，那些来自历史深处和时间内部的沙砾，可以让她随心所欲，予取予求，无论是挖坑、掘隧道，还是垒城堡、筑金字塔，她都会玩得驾轻就熟，而且仿佛永远不知疲惫，每每从上午玩到黄昏，一茬一茬的小伙伴先后离开河滩，她还坚持在那里，一点也没有想要回家的意思。

当她凝神在自我世界的时候，我也此在。

遍地芦苇在生长，变绿，变得超越芦苇的本质，成为我的一部分。遍地草芥正在舒展，逐渐变得茂密，微弱的生长性和我类似，我也正在成为草的命运的一部分。我正在。我变得不像是一个主语，不像是一个代词，而像是一个变形和幻化的动词。甚至成为变量，一会儿重拙，一会儿轻盈。我在现实世界和虚拟世界中游走，在物理场和心理场之间穿梭，在日常感和精神性之内贯通，在肉身遗落和灵魂逸出的危险中保持平衡。

大自然本身爱上我们了。

我有时候躲在芦苇丛中，露出半身，或者半身的浪漫。宽阔的江滩只有这里，可以躲太阳，蜷缩进去，像雏鸟，收起自己的玩心，在沙土和植被的接合部结巢而居，野性释放之后，疲软和落寞，让这里静了下来，每一片绿叶都是逆光的，我们的脸上，阴影在摇晃和幻化，恍惚中我看见一株低矮的芦苇在挪移，慢慢走成了另一株，我也在动，慢慢地成为另一个人，空壳状态，通体透明，我多么安静啊，可一身的骨骼从未停歇。

有时候我就睡在草地上。我喜欢从帐篷的荫庇里出来，脸颊贴在绒草上。我视野里的雪见草还没见过雪，飞蓬草在心魄的细缝里独自兀立，雀稗草与神秘的小鸟共用一个飞翔的名字，棒头草模仿着黍米扬起头，鼠曲草的花冠细弱又迷人，鬼针草一改诡异温柔地静默，还有白背枫、通泉草和艾草，全部成为我的异名者。我仿佛就是当下的佩索阿了，我从现代主义的源头流来，汇入眼下的暮色之中，成为存在。

牛筋草与大河约好，以沙岸线为接头地。清明前后，草的暗号一个接一个探头出来，逐渐连成一片。盟誓之地，不越过一寸草根，陷落流沙的痕迹已是庚子年的了，青草露白可喜，草芯含在嘴里耐咀嚼。我又在草的提点下，返回了人类社会。像一个文明人，回归原始。

白鸟从虚无里飞出来

虚无是存在的一部分。

当我居于隐匿之所，噤声，我会时常看到各种鹊鸟和雀鸟无端而来。

它们从哪里来？从虚无中来。

我来不及也无法想象它们的起点、开端、发轫和渊源。我没有能力在神灵一般的自由状态中体会到神灵的意志和想象力。我认为这些鸟，只能从无限中来，那个无限便是虚无。它们回到天空中的存在。当然，也回到大地上我的存在。成为我愿意用诗歌来解释、来叙写、来摹状、来穷尽其美的动态。我欣赏和参与这种动态。

水位一再向下，洲间小潭空明，小片水与小片水之间，露出背脊样的沙线。一只白鸟来了，我应该称呼它为白鹤、白鹭，还是天使，还是虚无的女儿？它近水，绕一个回旋，先轻扬羽毛，而后敛翅，像要把沙洲攫取到自己的内心，像是要从时光那里收复领土，用来小憩片刻。它令我激赏的，不是其外形的光洁优雅，而是其达成目标的艺术性表演：它没如我想象那样俯冲而来，抓取这汪小潭，而是巧妙地变向着陆。"这迂回，这凌波微步，够一个诗人学习一辈子。"

　　当我确定有时候看见的是白鹭的时候，我获取了它的实证。当然，也目睹了它的虚影。虚影便是虚无的影子。

　　它贴近水面时，本相与虚影几乎实现了重叠。它一定有一片心境，就在虚无的边缘，像一片极具消融之力的黏膜质，漫漶不清，像是有形，而又无形。"也这样，你能看透他的心境，却没法去他的心境里坐坐。"

　　只不过，更多时候，我会从这种无我和有我并存的状态中，走出来，单纯地跟踪一只喜鹊。我像一个精神分裂者，也貌似一个特殊癖好者，对这种悠闲的鸟类格外关注，甚至亦步亦趋，跟着它走了很久。

　　"它的黑羽新鲜如四月，白绒新鲜如四月一日。"唯有其新，才能让我感觉到我正在参与"创世"，正在时空的新异中捕获没有内容的纺锤。它的内容在它的风里，在它的借力和支配力里。我只能僭越地、快捷地、见好就收地想象它的外形。我跟踪鹊影，陷入苇丛之中，扒开，鸟迹消失，一对老夫妻突然出现，香烛点燃，俩人正在隐秘祭祀。我轻轻退出，良久未见喜鹊飞出。

在这里，在众鸟众美的江湾，在独我独孤的诗境，我愿意反对一种逻辑——先有存在后有虚无——我愿意相信虚无的此刻、当下和永恒，它一直在，绝不是后缀和补充。

那么多的鸟，从虚无中飞出来。我放弃探究天然飞行器的起源。我笃定地认为它们最大最辽阔的美在飞翔的无垠中。

我是那个为大风撰写传记的人

在大河边，在大风中，我不敢妄称自己为诗人。

大风才是。

它时时在吟诵，常常在宣泄，又每每收敛起来，捡拾被自己刮落一地的词语。

我是那个为它撰写传记的人。它是诸侯，是将相，甚至是帝王，是人世的一场又一场的呼吸，是大河一遍又一遍的心跳。它还是我的灵魂的清道夫，是我救赎之路上的先验，是不厌其烦的暗示，是永不疲倦的预言。我在对它认识不清毫无准备的情况下，仅凭落叶和飞絮的形态，就要为它写史。

"不问来处，只问去处，对卷帙浩繁的自我史没有兴趣，

更没有大师情结，不讲究内心，偶尔只有风暴眼，能形成风的记忆，而转瞬又会遗忘自己。"

每一天，风都和我一起坐很久。

更多的风聚集过来，像是有史以来就认识我。

我愿意尊大风为贵族。它们来到江滩，是被流放来的，而不是被贬谪来的。流放者，王室血统也；贬谪者，人臣之卑微也。它的王者气和主宰欲很强。我从空气中闻出了它们，鹊鸟和我，都臣服在此时风的威仪中。"羽毛是羽族的献祭，在空中飘，我是人类，推出来的供品。"

大河是永恒的放风声者。像一个神秘的掌控者，日日放出捉摸不透的消息，语焉不详，字字真切而又句句模糊，令我无所适从，根本没有办法看清自己的未来和命运。风要告诉我的，是经典，而我接收到的，是零碎。我是一个拙劣的受众，是一个无福消受神启的傻瓜。

"一声一声地，像是大风在微风中安详地死了。"风声消匿，而我看见了众多徒劳的追风者，它们的情态和执着，令我动容。在枝头的颤抖下，落叶从祖荫中分离，它一边屈从于飘零，一边极其缓慢地追赶大风，它远离了上一场大风，而又被后一场大风超越，它仍旧在追赶。芦苇、荻花、芭茅，它们的飞絮从规矩中解放出来，也要去追赶大风。一片逐渐老迈的刺桐，形成啸声，也要去追赶大风。"波澜也想去追赶大风，长江为此，耗费了三千里心思。"

而我在江边纹丝不动。我用思想的速度，追赶大风。

好心人，他还在催促我——赶紧跑。

人到中年，已经不能赶紧跑了。除了内心的节奏，没有可以和大风媲美的东西了。我的身体和心灵，都在逐渐打开，降低傲骨的密度，张开悲悯的窄门，扩大信念的缝隙，让风更从容地通过。

我蹲在草丛中，像是将要被风逮捕的犯罪嫌疑人。我犯了滥用语言罪。

雨之善是没有道理的

这场雨，啪嗒啪嗒地敲击着人类的雨伞

落在丫雀的羽毛上

却谦逊得毫无声息

雨的善

没有道理

　　——《雨之善》

现在，我要写大雨落长江了。写雨，"就是写汉语的象形文字、雨的原始艺术、雨的原始宗教。写行书的雨，中雨欲来；写草书的雨，大雨将至；写小楷的雨，微雨纷纷扬扬。狂草挥舞之前，先拔出狼毫里的灾情，暴雨如注，笔毛荡开，最后轻轻地挑起一滴雨，抑或一滴墨"。

"把水珠，写成骨血。"

在九龙绿道上行走，常常会在中途遇雨。在九龙滩上，我也会邂逅冥想中的一场雨。在河畔的铁轨边，我也可能巧遇期待中的那场雨。在龙凤寺的红墙外，我也能看到信仰的雨滴不疾不徐地礼佛。在棕榈树的叶片、瓦的凹面、小兽的脚印、我的掌心、小女孩的发梢，以及任何可以称为容器的地方，我们都可以量化雨。越是微小的器皿，越能显出雨的静气。越是精神富足，越像是物质贫穷。越愿意聆听雨，越能忏悔自身。

雨来了。

一片三角梅的花瓣，首先感受到了雨的重量。它花托的天平微微荡了一下。定是大河需要最新的平衡，所以雨来了。那些水中的亡灵和骸骨，增重了托盘一端。另一端，大雨如注，甚至灾难不期而至。我们终究会在天平的某一边，依靠残存的引力，依靠自重，为失衡的人世加一个诗人的砝码。

雨来了，人类的雨伞上发出撞击后的声响，像是反击的连珠，还存有后坐力。而丫雀不是，大雨落在它们的绒毛上，无声无息。大雨赦免了它们。大雨自带善。大雨的善真是毫无道理。

雨来了。我和女儿还在高架桥上奔跑。大雨像是连续剧，没有剧终的意思。父女俩是主角，在逐雨的情节中，分别饰演了传和承，爱和被爱。为了呵护好她，我把她藏在外套里，跑着跑着，就跑成了一个人的奔袭，而女儿在我前胸，不被外人所见，然而，这剧烈的抖动，令她笑出了天真无邪的声音。她定是觉得父亲的窘态很好玩吧，抑或是觉得被大雨裹挟的时候还有守护神，是多么安然吧。

> 一帘雨幕泼溅出了毛边，站在琉璃瓦下的人用语言的刀锋
>
> 不断地切……我躲在雨的屏风后，折叠雨
>
> 再把雨的两面性打开……雨的补遗，又像语感一样泅开
>
> ——《檐下的雨很快形成一帘》

大河，作为他者令我……

大河是我的他者。因为面对大河，我感到羞耻。

有时候，我会喃喃自语，尤其是静坐在大河身侧，巨大的流域和辽阔的去向让我能够观照内心。尤其是让我略感羞耻的部分。那些不洁的念头，愧疚的过往，软弱的媚骨，等等，都会让我厌恶自己。这不同于吾日三省吾身，三省，是个动词，是形式，而羞耻是个让我惊惶的形容词，是实质。这说明在大河这个强势的"他者"面前，我主动地承认了

羞耻。

"羞耻根本上是承认。"（萨特《存在与虚无》）

这条浩荡地说出智者箴言的大河，以"子曰"与"上帝说"的口吻面对我的大河，以"苦行僧"和"逍遥游"的苦与乐来教育我的大河，让我真正感觉到了羞耻。

醉心于名，而轻利，这是我最大的羞耻。我让虚荣成为诗歌中的某种成分，让本该接近纯粹的契机白白流失。我耽溺于贫穷，而津津乐道。当我向诗歌殉道者讲述一个诗人没有买火柴的一毛钱的时候，讲述在僻远的巷子里睡了一个月地铺的时候，讲述我对亲人们的苦难爱莫能助的时候，我没有羞耻，我以为这是谈资和足可炫耀的东西。然而当我在大河边匍匐的时候，我真切地感受到了羞耻。

面对大河，我还感到卑微。

这条河的长度、深度、广度和温度，都让我极度自卑，极度自贬，极度自轻，甚至自虐，自暴自弃。在有限的时间碎片中，我只能和大河亲近，我没有更多的时间去坊间表演，去台上装大，去隐秘地投机，去人格分裂地向人们亮出A面，而将B面掩饰起来。这条河是一个洞见我体内病灶的"他者"，它用辽阔的水平面照见了我的心灵炎性病变和修正错误后的钙化灶。

当我意识到自己是一位诗人的时候，这条大河便成了海子，它强大的精神力令我的鸡零狗碎无地可遁，它神性的光芒将我全身的黯淡照了又照，而我所赖以生存的"日常的神性"便显得有些虚弱。然而，当我不足以"一次性写作"，尤其是不足以"一次性生命体验"的时候，我只能卑微地、老实地、凿壁偷光式地写作，写下去，活下去，从日常性中找到微光，从猥琐中找到冰心。有时候这条大河变成了安德拉德，向我递过来神圣的"阳光质"和"白色的白"，纷繁的句子令我诗句中的烛火几乎接近熄灭。有时候，"他者"变成佩索阿、帕斯、特朗斯特罗默、米沃什、辛波斯卡，变成陶渊明、王维，变成于坚、欧阳江河。在诗坛，我会更卑微，遍地星辰，我能何为？

> 在空无一人，连我自己都没有的旷野
> 一直走
>
> 像诗集里的佩索阿，走向1888年
> 像我，走向我的落款
>
> 像大河走失于星球
> 像我，走失于你
> ——《像大河走失于星球》

我和孩子站在淤泥里，水很浅，可以在里面踩踏，任由泥浆从脚趾的缝隙里挤出来。过一会，水面不知什么原因开始上涨，以波纹的触感，围绕着我的膝盖，我把孩子抱起来，向更浅处撤退。我知道，一个渺小的人，可能和来自另一个星球的神秘力量相遇了，像是沐浴到了一种圣洁，我愈发感受到了自然的教导是多么伟大而又细腻入微。

大河，作为自我的一部分……

　　是的，要好好活着。然而更多时候，人生就是一个漫长抑或短暂的"不能好好地活着"的过程。

> 写不出一个大字了，在松软的沙滩
>
> 用尽张力，磨亮手中的白刃
>
> 写出几个豆粒大小的"理想让我自取其辱"
>
> ——《致沙滩》

　　"自我"这个词语，是来证明我所受到的"羞辱"的。而往往，我是自取屈辱。我本可以避开，或者完全无视，又或者不走进"辱"的可能性里。更为致命的是，理想让我自取其辱。这意味着，我需要放弃理想，浑浑噩噩，没心没肺地活着。像我这样的小气、倨傲、偏狭和单纯，只能是不断地自取其辱。然而，没有人逼迫我，甘愿受辱和被逼受辱是两回事，理想是个坏东西。

在自我的扩张和膨胀中，存在停止了思想意义上的生命体征。自我终结了。这时候我们需要"与己为敌"。像我这样的诗人，二十多年来一直在为自我完善而努力，从唯美写作到异化写作再到日常的神性写作，我将自我的系统更新了多次，每一次都要彻底地将仅有的脑细胞格式化，那种痛楚滋味也是很难受的。我砍杀自我，重树自我。

> "与己为敌"，成为诗学的定律
>
> 诗人否定，砍杀自己的一生
>
> 像沙的坍塌，纠正沙的谬误
>
> 我在即将完美的时刻推倒重来
>
> ——《语言的迷官》

大水既是"他者"，也是"自我"的一部分，我沉迷于河流的永在，实际上就是沉迷自我的延续。很多时候，大河都是在我的生命里的，在我的诗歌里的，在我向宇宙献礼的赞美诗里的。大河助长了我的气焰，也打击了我的野心，更纠正了我的谬误。每一个周末我几乎都在这里沉思，我想到的是我和人间的关系、我和自然界的关系、我和生态文学的关系、我和我的未来的关系。大河已经不是我和这些关系得以产生的媒介或中转，而是我的本体之内的血液般的流淌。当我明白：这个星球上大多数的液态物质以水命名，并以长江命名我的时候，我的受虐式人生忽然得以缓解，继而释怀，最后我将从"语言的迷宫"中走出来，全身都是整体的谜底。

我想我不能再自取其辱了。

我用许多注释，完成对大水流沙的转译，像是完成对自我的译介。自我将要让极为小众的人弄懂。也就是要让我和大河，都能被人知道。都能以密码和序号、语言和节奏的形式，走向我的纸上，在那里幻灭般涌动和流行。我从偏重于风，到偏重于水，实现了古典措辞的淘汰换场，重新启用诞生，而后用死亡完成断句。

面对大河，自我的完善，就是不断把"被辱"的感觉消除的过程。自我，其实也是时间的一种，是空间的一种。我虚耗了四十五年，苦行了三千公里，终于有了一点自我的感觉。

自我在长大，然而时间所剩无几了。

好邻居，当如大河

我在阅读罗伯特·哈斯的时候，对他的小说化叙事诗歌很喜欢。尤其是他的《身体的故事》，这首让我把他当成大师级诗人的诗，久久以来一直保存在我的诗歌库藏里。他这样的诗人，能巧合而又命定般地成为米沃什的邻居，实在是上帝的最佳安排。

"1993年我们成为朋友，他写了二十多年，波兰的历史都体现在他的诗歌中。当时他总是会把他的第一稿念给我听，然后我再帮他进行翻译。"罗伯特·哈斯说。我不敢想象，要是没有哈斯，米沃什将是什么样子，他的作品会不会被译介而引起美国诗坛关注，会不会在后来获得诺贝尔文学奖。一个杰出的诗人拥有一个好邻居、好知己，是上苍的垂青。

这让我想到济慈，有一个好邻居、好知己芬妮，当然，也是他短暂的生命中深爱的女人。芬妮崇拜他，喜欢读他的诗，他也为此而灵感喷发，写出了不朽的诗篇《明亮的星》。

好的邻居，就像我面前的大河，它愿意凝听我的声音。愿意包容我写的一切拙劣之诗。

当我站在阳台上，无所用心而又心之所至地扫描大河的时候，我总觉得它在期待我的下一首诗，于是我一直写，写到大河厌倦，写到花光所有的词，写到我不得不停下来，审视大河的反光，是否已经允许我这么做。

夜色中，我在此岸，彼岸在呼应我。我的目力所及，是高邈的夜空，上面星月高悬，下面的航行灯红蓝闪烁，空中还有降落重庆的飞机亮着灯飞过，这些发光体在某一瞬间连成一线，简直是四星连线的奇观。我抱着女儿，将这种奇异的场景指给她看。

在江畔的阳台上，我用巨大的心胸

养着一个单纯的女儿

和一枚高悬的星球，还有两盏

警示之灯，代替我

向所有夜航船发出无声的问候

——《连线》

我这位深沉的邻居还在哄着漩涡入睡，而我试图成为收养漩涡的人，我和大河这对邻居既在相互谦让，也在相互博弈，我们要达成某种妥协。它能理解的首先是我的护犊之心，是对女儿过于自私的爱，其次是我的诗歌，诗歌是我对女儿的爱的"回声"，这种声音低沉而又绵长，在大河的腔体里振动，而发出中年的激荡。它还能理解的是我近乎无立场的悲悯和善，是对一切弱小的共情，是对我的宿命外化形式的移情，是高墙和鸡蛋的选择题里的毫无犹疑。

它还能理解我对于"神性"的阐释，以期作为一个新概念隐身于我诗歌的幕后：人的最高人性是神性，是日常中逸出的信仰、信念、自然之道、天人合一和敬畏之心。日常的神性，是我们每一个人的日常生活都有神性的部分，很多时候我更愿意理解为"精神性"，与现实感相对应而又融汇在一起。

当然，反过来，我对大河这位邻居的理解，也就是它永恒的神性。

它所蕴含着的天道轮回，自然规律，或是真理闪光的部分，在我这里，用最日常的生活——小女孩的嬉戏，细碎的江畔人家生活场景等，来找到与之对应的小镜头。魔鬼藏于细节，神性也藏于细节，我是一个细节控，是一个注重形象呈现的诗人。

我的好邻居，长江。它有时候来敲门。它有夜幕这面宽屏作为荣誉墙，我有逼仄的小房子，悬挂世俗的全家福。

我希望进入神性里。前提是意外，而不是刻意。

孤独是必须的营养液

　　一首诗事实上可以是一种营养液，那种我们用来养活阿米巴微生物的液体。如果配制得当，一首诗可以使一个意象、一个思想或一个历史观点、一种心灵状态和我们的欲望及缥缈的冲动存活好几年。

　　　　　　　　——罗伯特·勃莱《寻找美国的诗神》

诗歌本身是营养液，养活着思想的微生物。

而诗歌又是被谁所配制？谁充当了养活诗歌的营养液？

毫无疑问，只能是孤独。

当我面对大河，每晚都能看到对面的孤岛，我把它的孤独缩小，把自身的孤独放大。我在用"大孤独"这种感觉炮制心境，提纯诗歌。孤独之"大"，是指在大河的背景里，孤岛如我，周遭浩瀚，我还不知道何以浩瀚，所有存在都是先验，却拒绝向我告知。

> 和它们对视，光力恰好
> 伤害不了我而又不显得黯淡
> 我并不孤独，却又在处境上
> 和它有无法言喻的相似
>
> ——《孤岛》

当我意识到个体的局限的时候，我是孤独的，就和孤岛的处境一样，它和其他岛屿无法实现合一，我和任何一个爱我的亲人都无法同体和同命，我出现在世界上，生而孤独，我们最终陷入绝望而不得不求助于宗教、诗歌和其他艺术。更大的孤独在于：我们无法洞悉局限之外的无限，无法超越肉身而确证精神层面的真理，无法在科技文明、智能化、全球化里找到真正的慰藉。我甚至向往原始，尊重隐逸情怀，对宇宙被不断开发和介入心有戚戚，我还担心我的孩子们，也会经历我的经历，感受到我的感受。我害怕她们也陷入孤独的循环之中。

因此我对诗歌充满热情，已达痴迷程度。我的语言在尝试呈现孤独，而又和孤独拉开距离。我试图建立起和这个世界的灵魂联系的体系，用诗歌美学，用诗歌功能。然而我又确乎知道，诗歌的作用不是要让我和你们有多么紧密，而是要我和你们多么疏离。疏离得越恰如其分，诗歌的拿捏度便越接近"黄金分割"。

　　因此，诗歌其实是孤独的技艺。

　　孤独是诗歌的营养液，作为调配师，我秘密地训练自己。大河的孤独，从冰川开始，一直通达海口，也未曾止息。我将成为它孤独旅程中路过的那位病人。

顶点

我顾不上它们了。兀自不停地向山脚而去。身边的池塘像一个内湖，荡漾着雪后纯净的天光。宽阔的池塘里，只有一条鱼试探春情，露头而后潜行，平静的水面被无肺水族搅动了。

登上最高山顶的人，他嘲笑一切"扮演的悲剧"和
"实际的悲剧"。

———尼采《查拉图斯特拉如是说》

诸佛寺的顶点和严家山的顶点，形成了对峙之美

有一天，我突然想起：应该再去登临诸佛寺的顶点了。

我们出了木门，向我的菜园子方向走去，园子就在诸佛
寺的山脚下。

数十只斑鸠从干枯的玉米地里扑棱而起，发出错落有致
的振翅声，仿佛从它们的理想国里飞出。它们原本是在一种
趋于完全平衡的境界之中，在零打扰的祥和之中，在同类互
相怜爱之中。我的误入，像一个未知数写进去，不可知，不
可描绘，不可被信任。

柏木枝上换着调子叽喳的点水雀，偶尔斜飞，黑身上抖搂出两片闪亮的白羽，像在对笨拙的我炫技。它们轻柔的腰身相对于去年冬天来说更丰腴了些，更老练了些，像是吸收了雪意的营养，更有青春期的身体感了。每次，我都在听鸟的时候，先完成观鸟。而每次观鸟的时候，我都会试图看清那些细微的变化，如能在时间之变中窥见空间之变，在意义之变中察觉意味之变，就不枉我用诗歌的心境在鸟事的意境里僭越一场了。

那些轻灵得似乎挣脱了万有引力的灰雀，漫不经心地群飞，让人全然忽略它们群体觅食的强大阵法。它们大都是散乱的一群，但是我相信它们都是有灵魂秩序的，都是鸟世的奠基者和思想启蒙者之一。

我最在意的黑鸟，孤独的八哥，大都混迹于雀群，我闯入，它会抢先飞上破旧的屋脊，兀自在天穹下冥思，像移动的预言。它是每次我登山之前都会邂逅的遗世贵族，邂逅的次数多了，便成了我和它的必然相遇，相遇的次数多了，它便成了我的命数。

当然，有一些意外也是好的。从红椿上飞到老李树上的几只鸟，超出了我的目力，隐约是红褐的羽毛，我一时竟叫不出它们的乳名。仰头久了，我会发现一只喜鹊，拖着尾飞过我头顶。这个中午，我被鸟类俯视，敌视，窥视和轻视，这过程，细微得我须用汉字来陈述。它们是如此众多的独我呀，让我爱着这灵羽飞舞的雪霁天。

显然，它们是时常用飞翔抵达顶点的灵物，而我必须步履蹒跚地进入艰难里，才有机会和这些鸟类媲美。这是我刚出发的时候，它们为我准备好的一通仪式。既像是欢迎，又像是抵制，还像是以我为敌，来消解我的笨拙和介入。

我顾不上它们了，兀自不停地向山脚而去。身边的池塘像一个内湖，荡漾着雪后纯净的天光。宽阔的池塘里，只有一条鱼试探春情，露头而后潜行，平静的水面被无肺水族搅动了。又一天难得的春阳，水微动，似乎底层有风，风成了两栖动物。今天，我仍讳言"呼吸"这个词，这个春天，能正常吐纳似已成为奢华。灵鱼破水而出，我来不及命名它，忽又潜水而去。它们没有我这样精巧的肺，但它们更自由，更懂得呼吸的恰当运用。没有所谓灵魂的那条劣等鱼，非鲟非鲵，但是一身银甲，假冒了水族的贵胄，注目间消匿，而我成为它在陆地上的影子。其时我在水湄，观察一株溺死的老李树，完毕，坐，陷入美的短暂，陷入悠长的莼鲈之思！

十年前，我就知道，登临顶点并不重要。最重要的是过程、经历，以及一路上的内心体验。这个过程堪称自然对我的"再教育"，润物无声，而又浸入心脾。让我终生难忘。

那时候，我还在诸佛寺完小教书。"诸佛村"是重庆市彭水苗族土家族自治县的一个苗族聚居村寨，因在诸佛寺脚下而得名。诸佛寺的顶点占据着一座山峰，至今残存遗址。严家山则与之呼应，相对而出。诸佛村的风车坝，是一个狭长的平坝，就在两山之间。这十年，我不仅在地理上落于低点，人生也长期闭塞，便生出一些仰望之心。当然也裹挟一些小小的失落，并不完全具备"悠然见南山"的隐逸心态。

诗歌因景象而传达心象，因意象而抵达气象，因空间变化而传达微妙的情绪变化，历来是中国传统美学趣味——情景交融中的常见手法，也是我在努力探索的写作途径之一。这首《顶点》企图用景象的变化来呈现隐藏的内心景观。

> 诸佛寺的顶点，和严家山的顶点
>
> 形成了对峙之美
>
> 夹缝里是小小的诸佛村
>
> 我在这里生活了十年
>
> 发现对峙是顶点和顶点之间的事情
>
> 我只能在谷底仰望
>
> 有一次，我登上诸佛寺
>
> 看到了更高处的红岩村和红花村
>
> 它们的顶点加进来
>
> 就形成了凝聚之美。这点发现
>
> 让我突然忘却了十年的鸡毛蒜皮
>
> 和悲伤。竟然微微出神

把自己当成了群山的中心

——《顶点》

有时候，登山会排遣一些负面情绪。首选便是诸佛寺。当我登上寺庙遗址，看着四处奔涌而来的山峰，会突然有醍醐灌顶的空明，一些生活不如意便会烟消云散。此刻会获得一些诗意，一种"我在"而又"我消失"的感觉，颇有点像是物我两忘的境界。生活经验成诗，会真切鲜活地击中我自己，并勾连起诸多追怀。但是这种隐藏的抒情性，不能热切表达，不然会损伤诗歌的微妙之意，而显得表白过度。所以我在此诗中尽量冷抒情，内敛，引而不发，将强烈的情绪控制在诗歌的意象和意象变化中。

今天，我在追忆和慨叹之中，穿过田间小路，向山上而去。

田里看不见水，枯草厚已盈尺，一脚下去渗出水来，水线刚没脚踝。那个穿靴的人，被田埂上的丝茅草遮住了身子。大片野生薏苡谦逊地低下头颅，一串串草菩提悬在修长的腰身。荒得更早的梯田里长满苇草，午后阳光中长得像小村的银发。那个孩子，应是从草族中独立出来的那株，微露而又隐身，像小丛捉迷藏的青蒿。

废弃的进山石门之外，我发现了一簇一簇，一网一网，一片一片的黄色小花，走近一看，竟是睽违数十年的"千里光"。在心里，我更愿把它们唤为"奶奶藤"，是祖母的草药里重要的一味，童稚的我，曾沐浴过它们熬制的药水，和桉树叶一起，让我感激了三十年。如今，这些安宁的花朵，已无须对村里每一个光洁的身子负责。只有我体内遏止不了的跳动，还在不断自我突破，用看不见的力，撑开小村的一个角落，爱这种物质，可逼谦逊的花骨朵一夜全开。在这段灰色日子里，它们是灵魂的试剂，我想化之为先验，将未知泄露给未来。

登山的路，就是感恩之路。

我感激任何一株娇小的植物，它们都可能救赎过我，都可能帮助过我的成长，都可能将我人之初的"恶"荡涤过，从而让我进入中年，内心无比柔软，再也没有对世界的恨意，再也不向人世动辄瞪眼睛和呵斥看不见的敌人。

一路上，我被众多的锐利的物种，划破手掌和腿肚。村里的早春，这些带着刺的生命形态，都曾与人的剧情有关：

> 苍耳子可以粘在袖口和领口
> 倒刺的抓取感恰似轻量的想念
>
> 云实的牛角刺得小心避开
> 可它的果片可悄然粘在后背

柞木的长刺形同狼牙棒，一生抵触人间
它木质坚硬，最宜做把柄

还有野花椒和两面针太相似
我得安装心灵软件，细细描摹

一路对这些刺，命名和转发
语音与文字都不足以阐释

我手掌朝天，皮肤上的割裂，与刺痛
轻柔而深刻，正如爱

——《这些刺……》

逐渐深入密林了。我们需要举起弯刀，一路砍伐那些荆棘，一步一步地缓慢上移。时间过得很快，而到中午时分我们还在半山。这其中不仅有对困难的排解，还有对意外之美的流连。

有兰在野。

在平庸的同色系中发现思想者，得细腻地辨识色近于黑的草叶之绿。这些兰草有着黑夜一般的颜色，低调得有些凝重。轻佻地在微风中荡漾的草叶不是它，在泄露的天光中争抢光合的不是它，在急雨中几乎折断脖颈的也不是它。小丛墨兰隐身于大片春兰之中，我更喜欢这三片孤独的入世者，它们有出世的谦卑。在薄春，邻家开始露出蓓蕾，它们却守着自己的气脉，我在马尾松林里，陪着这些墨兰，静坐在绵软的林地上许久。你在此，定会把我误认为一块沉默的光斑，久未挪动，顾自和草类融为一体，像是将要放弃自己哺乳动物的身份，也像是将要停止对名利的追逐和对生死的思考。

这就是为什么我认为：顶点之美，是各种美的融汇。有深渊之美，才会有深空之美；有生灵之美，才会有神灵之美；有卑微之美，才会有崇高之美。我是在登山的过程中，将视野所及、耳郭所闻、心智所达的各种美都美了一遍。这天然的言传身教和传道解惑，是我之幸事。

当我逐渐抵达最高的平台，看到大青石砌成的寺庙遗址，我就知道，我将再一次目睹"凝聚之美"了。站在这里，不仅能看到严家山的顶点奔涌而来，还能看到红花村、红岩村的顶点，移动着，朝我逼近。还能看到云朵向我们低语，像是说着另一场雪的语言，能听到风的宣讲，像是在向我们阐释人活着的意义。

人为什么活着？

为什么悲剧一般活着？一边在"现实的悲剧"中沉溺，一边在"扮演的悲剧"中虚脱，人究竟为哪般？

十年前，我在村里怡然自得，一边教书，一边劳作；一边打猎，一边喝酒。我从未思考过活着的必然性。就像动物的本能，求生，而不求死；求自足，而不求显达。那是多么干净的一段时光。我没有现在这么强烈的愧疚感，这么突出的羞耻感，这么浓厚的市侩习气，这么低劣的生存技能。

　　最重要的是，我没这么越来越紧促的语感。我的诗歌和写作都出了大问题。我开始迎合读者，反对诗歌是"无限的少数人"的珠玉，我有时候还为了稿费而写作，制造了一批次品。更为俗气的是，有时候，我还在虚伪地为自己贴金。

　　我，就是"扮演的悲剧"。

　　身在悬崖，我像一个危殆的羊倌，幸好一路都有南天竹这样的救命树，以前，我每生活一天都像探险，而今，每前走一步都像避厄。除了顶点的魅惑，我也为一株假想中的木樨而来，它浑身银花点点。它会在四月掉下籽实，紫色，浑圆。今天，我独自翻越，时间在我身上已成旧疾残疤。我右手碰掉的一块崖石，被我小心地放到平处，若滚下，至少，会砸伤一朵涟漪。放心吧，我会平安。太多危殆的人了，但我要继续去看绝境。

　　在这个绝境中，我发现了酸枣核。

　　最高处的几枚酸枣，熟透了，香狸子够不着，醇香被鹊鸟独享，浑圆的小果便飞行于天空，越过金竹林和蓝潭，被衔到瓦沟子里，果皮尽去，浆汁吸干，露出硬核来。昨日我上房拣瓦，扒开青苔，得酸枣核一捧，每一枚上都有几眼深黑的凹痕，像众多生灵穿越寒冬，立春后来看我，被我冲洗，反复摩挲，在冬阳下发出黄铜般的古意和微光。经历了老树的顶尖，飞鸟的喙，被炊烟煨热，又被积雪洗净。然后被安置于人类不曾留意的角落。今天，它们又出现在绝顶之上，被我捡拾，像是获得一粒一粒的黄金。它们最后经由我手，传递到你掌心，该有怎样温润的光泽？青涩，成熟，炫耀，被食用，被消化，去肉，留骨，重现世间，风雪侵蚀，冷风阴干，吸取阳光，近似佛珠，光洁地留在绝顶，被我发现，被我用诗歌赞美，这不断地涅槃重生，不正是一个诗人的幻灭之美吗？

站在崖边，我四处张望。田畴上的人多了起来。似乎地球正在解封。这是开春以来最透亮的一天，钓鱼人静坐到江畔，采水芹菜的人多了起来，远远地互相问候。有人远远地叫我，身影模糊，我视力太差，已经辨不出声音来自谁。孩子们挖折耳根时，挖出了白茅根，找苦蒿时，发现旁边几丛苦苣菜。这些无心之错谬竟有小小的惊喜，外人是根本无法体验的。将头伸进水井的人，久久观察上升的水面，满村人都貌似无所用心，而又各自窃喜。事小不足为外人道，却抚慰了连日不安，确实的幸福真小，而它们足够对抗灾难。

鹅岭的顶点，有一个幸存者的隐秘悲伤

人到中年，我不仅放弃了时间，还放弃了内心不需要的人际关系。

很多诗人，都在试图成为"悲剧扮演者"。他们很多都有大师情结，或者说大诗人情结，理想稍微小一点的，也有"老大"情结、"主义"情结、流派宗师情结、江湖地位情结。他们热衷于仗剑天涯，过着诗歌之外的又貌似与诗歌有关的"诗人"的日子。他们几乎放弃诗歌，而又标榜"诗人"的特异性。他们注重"人"的一面，而忽视"文本"的一面。

说到底，将"扮演的悲剧"和"实际的悲剧"都扛在自己身上，如是，诗人得有多累。

而诗人的初心那么简单，无非是把一首诗写好，写得自己满意。

而不是到处宣扬自己的成功。

他们真是希望不朽。这个词语多么诱人，多么为诗人所喜欢。然而在尼采看来，精神不过是精神的比喻而已，"不朽"也仅仅是一个比喻。他还认为诗人"说谎太多了"，"在诗人当中，有谁没给他的葡萄酒掺假"？

是的，大量诗人在扮演虚假的自我，迷失的自我，悲剧的自我。"所以我们衷心喜欢精神贫乏的人。"

我不是江湖控，对觥筹交错和私相授受均不在行，酒局上称兄弟下来就互相攻击更是做不出来，强颜欢笑也不擅长。更多时候我沉默，自己与自己玩，独处生欢。我是市井小人，一个养家糊口买菜做饭的人，严格讲，我不是很多人眼里的诗人。

所以，在一片喧嚣中活着，其实就是一个幸存者。"没有什么比活着更好的了。"在假冒伪劣中幸存下来，在天灾人祸中幸存下来，在语言艺术中幸存下来，在自我毁灭中幸存下来。我是多么幸运。我需要登临城市的高点，进行幸存者隐秘的呼吸。

我对自己的要求是市井而不市侩。

所以，到当下年纪，我可以安静地甄别一些人和事，做出自己的选择。"我不能形容的那些，不是了，永远不是了。"一旦我决定放弃，绝无重蹈的可能。

当我沉溺于日常烟火，意识到自己的生存能力需要加强的时候，我是不是更应该像一名坑蒙拐骗的市侩，哦不，骗子那样活着？存在，在很长的时间里，都是在和自己做斗争。人，就是一边使用尖利的矛不断戳自己，而盾的出现，往往是在精神层面，显得不够坚实和笃定。这时候，我需要登临什么，来观照自我的灵魂的密度。

我需要一边爬上城市中央并不高大险绝的山岭，一边把自己晒出来，暴露在阳光下，暴露在神灵的注目下。

　　我需要放弃的是哪些关系？我一边攀爬，一边放弃"朋友"。这个过程到了最后，发现几乎只有一个幸存者了，那就是悲伤的我。

　　这正是《登鹅岭》里我最想表达的意思。

　　　　鹅岭上

　　　　不用登楼，只需透过崖边围墙的小窗

　　　　就可以看到十里烟波

　　　　恍若透过飞机舷窗

　　　　达到自己眼力的极限

　　　　一瞬间，就决定放弃一些人

　　　　来了至少五次了

　　　　每次都遗忘一批

　　　　我不知道自己，还有没有朋友

　　　　至少我不能形容的那些

　　　　不是了，永远不是了

　　　　登高便是刷新，绝顶如同断交

　　　　我不由得小心挪动脚步

　　　　生怕每一步都走丢一个人

　　　　而当我一身轻松地站在危塔的露台上

便深深地理解了一个幸存者的隐秘悲伤

——《登鹅岭》

鹅岭是重庆市渝中区的高点，一座古旧的私家宅邸，现在开放成市民游玩的公园。站在鹅岭上，可以远眺斑斓迷离的城市和十里烟波的嘉陵江。这是难得的观景高地，特别适合我这种独自登高的人。在我的记忆中，曾经与人三三两两同来，逐渐地，同游人越来越少，当一个人反复地登上山巅，便觉得自身如此轻松和干净。后来很长一段时间，我不再去登鹅岭，但我的内心常悬在高塔之上，甚至像一截枯枝努力地伸出露台之外，进入虚空。

尼采也认为，诗人是孔雀中的孔雀和虚荣的大海。青年时代，三十而立之后的那十年，我像是孔雀，在炫技和开屏，在同类和人类中张开自己的色彩和羽毛，用诗句般的虚伪魅惑那些不谙世事的词语。我是虚荣的，常在无灵魂秩序的人际关系里流连，在一片繁华的假象里享受短暂的欢乐。

而今，这是一种挣脱吗？抑或就是自然卸下？这种挣脱和卸下，是小心翼翼的，别走丢一些不该舍弃的，每挪动一步都得想那些美好的幻影，值不值得泯灭。这样的过程，如同信仰和价值观的刷新，拾级而上就是不断面对新的安然的孤独。而来到绝顶，再无障碍，再无遮掩，仿佛就是和浮华断交了，就是和恶欲断交了。

站在露台上，我一次次地扫描山水和城市，双眼如同两个空镜头，一些冥想经由实像进入虚像，成为心智中的恒定部分。这时候，我便像是一个人间幸存者，学会了理解别的幸存者。他们的隐秘的悲伤状和我实现了重叠和虚构。

一段时间以来，我企图在我生活的小地图上，圈点一些不易觉察的诗意，我仿佛一个地理诗人，在测量自己的生态环境和地质地貌，有了类似于"鹅岭"这样带有明显地名特征的一批诗歌。这几乎是绘制生活轨迹，也透露一点生活态度的细微端倪。

可是，一次一次地登临鹅岭之后，我还是感觉到了"神性"的存在。

我是该反对尼采呢，还是用不同的语言来将尼采的意思重复一遍？

"唉，天地之间有许多事情，只有诗人们才梦想到的啊！尤其是在天上：因为一切神都是诗人的比喻，诗人的骗局！确实，我们总是被接引上升——也就是说，升上白云之国：我们在白云上面安置我们的形形色色的玩偶，随后把他们称为神和超人。"作为具有诗人身份的哲学家，他认为"说谎"的诗人将某种东西比喻出来，就是"神"，而"神"是诗人用来欺骗人的东西。

这些说法，我不知道是不是出于诗人兼哲学家的自嘲，要是一个诗人脱离了"精神性"，也就是我认为的"神性"，那将多么萎靡和猥琐？

我是坚持和崇尚"日常的神性"的。我宁愿相信，正是因为诗人通过柏拉图所说的"模仿"洞悉了人的精神世界的真相，而被哲学家"逐出理想国"；正是因为诗人"比喻"了人性和神性之间的秘密通道，而被诗人自己说成是"骗局"。

我常常一个人来到鹅岭顶点，当我一步一步卸下身上的人情重负，当我向那些小气说再见，当我和那些阴鸷说断交，当我一个人不再混迹于众多人，当我独白而不再对他者命名，我发现：人性到了顶点的时候，是精神性。而我正在试图发现它。我本身不是人性的顶层人，我只是一个低劣的语言工作者，我在感受和尊崇精神性的攀爬之中。

那个几乎是被我虚构的人，一身干净没有市侩气的人，那个几乎不存在的人，消弭了人性之劣根从而生长在高处的人——那个具有最高人性，而神性之光照彻城市的人——他从尼采的判断中走出来，反对尼采，自成哲学的体系和语言的体系。他是诗歌的幸存者。

然而，我根本没有办法登上这个高点。精神的高点，更高点，最高点，一直在苍穹之上。我那么低微，身上有动物性的气息，心里有无法遏制的自私。我的"神性"更像是一场漫无边际没有结局的虚幻。

那么，我在反对尼采之后，是否最终落入了做他的拥趸的境地？

终究，我还是一个"骗子"。

一个用尽了"比喻"，不得"神启"的"骗子"。

在泰山的顶点，我是你灰喜鹊一样的香客

> 风把你吹过来，而把所谓世界发回原籍。
>
> ——《风把你吹过来》

风把我吹过来，而把顶点置于绝地。

风把神性的泰山吹过来，而把大地的发髻留给佛陀。

风一遍又一遍地吹着，把古籍中的绵软页面，吹起来，而我要借此攀爬"五岳独尊"，而把古典美握在掌心，我要把诗歌中的意象，一个一个地请到海拔一千米的高度，在虚与实的最佳契合点，成为神性的本来样子。

为了赶上一朵槐花，或者一片杨絮，风闪烁其词地把你吹过来，飘忽不定地把你吹过来，所以啊，你看上去经历过虚无，并成功成为那个从虚无里走出来的人，用一丝白发继续探路。我看到神性的其中一缕，像一个导引者，也像一段虚拟的线条，将我向泰山的方向推移。

风也在推移，它搬动了自身，也袭击了他人。我在被东

方的大风扑打的时候，诗歌缄默，语言无声。这些气流的强大和悲怆，带有神秘感和孤独感。

而神性的构成，恰好就是"神秘"和"孤独"。我们不知道大风的子宫在哪里，不知道大风的坟墓在哪里，所以它神秘。更为神秘的是，大风席卷的一切浩大，都是我所阅读不了的领域，无论是西方美学源流，还是东方美学精髓，我都不能从一场大风中领悟和记忆。尤其是时间，从海德格尔的文字中法官一样地走出来，宣判了我作为一个诗人的罪行，当然，最终是死刑。所以，我和大风，是一种孤独对更大的孤独的臣服；大风和我，是一种孤独对更小的孤独的裁决。

风盛大的时候，必然撞见我的额头，如同撞进泰山皱褶遍地的页岩。我们在笼子里谈论诗歌，而风在更辽阔的笼子里，缓缓地，推动着虚构的神和真实的黄昏。

风把神灵吹过来，那枚最低垂的星星侧身让了让。

当槐花形成激荡的旋涡之时，我就知道，必须完成生命中一次重要的登临了。

像一种暗示，抑或是指向。槐花落下来，花朵为动力，将我们推向被动。千万朵飘扬于泰山的槐花，也只有小部分这么幸运；无数场纵贯华东的风，也只有小部分这么幸运；数千级通向天门的石梯，也只有小部分这么幸运。熙熙攘攘的人群里，只有我们这么幸运，见到数十朵槐花，在奇妙的风中，旋转起来，越转越快，越来越像是自失而又忍不住向着移动的核心，不断凝聚。白色的旋涡，在我们身边轻盈而又激越地晃动，我们闪转腾挪避开它，生怕惊扰到这一神迹。我愿意把这一邂逅，当成有限的美，对微薄的善的额外奖赏；也愿意相信人的感应，会得到自然的提示，这隐忍而又完美的圆弧，裹挟着复调的乐音和清香，像旱地涟漪那样，辐射了很远。而只有我们如此巧合，在拖沓的步履中，完成了自然崇拜者新的际遇。这个持续了十秒的槐花风场，可能会卷席我的余生，让我一旦谈到幸运，就忍不住向你们描摹——

　　如果你还爱这枚星球，就会在泰山的一场小花事中

　　巧遇那风暴的眼睛，凌厉而又温柔地注视着你。

　　　　　　　　　　——《当槐花形成激荡的旋涡》

　　我微恙，诗人朋友也微恙。他需要精神的导师，用无形的心理疗愈之法，奇幻一般安抚他的那颗诗心。

　　而我，一个膝关节炎患者的登临，带有悲壮而又隐忍的意味。

　　登泰山，相当于一场麻醉，我膝盖疼痛，竟然走丢了自身。有的病沿着阶梯状的经络通达无垠，有的病则需要打通中天门，和南天门两个关节，才奔突向虚空。信仰论者看着我们在迷途、歧路和折返跑中，像是高处有三眼乌鸦的凝视，

提点，抑或是诅咒。我们在中国传统里叩门，递上肉身经验的票据，而精神的冒险，却在近乎五维空间里完成。

那些幻灭与再生，那些遗忘与捡拾，都在一次意外的登临中，得到呈现和证明。还有人肚子疼，导师会用别出心裁的手写体，替他们描写安宁。甚至有人抱头捂面，甚为痛苦，他们被告知，必须做出取舍，臻达简单。我屈膝而行，滑膜润泽，有着我喜欢的弹性。侧柏从溪水的源头伸出枝条，起伏于沟壑之间。我喜欢的黏性，雀鸟的羽毛几乎被白云挽留，迟迟不肯着陆；我喜欢的弧度，山岭一重一重扩展开去，越来越淡薄的暗影，是沉吟已久的分行的诗句；我喜欢的节奏感强拍和弱拍，单调和复沓，所有的步点上发出的声音，都有神秘的力量，拯救人间牢狱的囚徒。

在善知识那里，我不是病人，也不是犯人，所有微恙的朋友，都在特定的自然力里，超越命定的疾患，完成陡峭和平缓的全过程。我的炎症又急剧地发作，当我勾勒出泰山日出的画面，再次登临的幻想，也因为电光朝露的乍现，而忘却了痼疾和感伤。

我们不知不觉混入了一群登山的孩子中间。看来，我主动在最单纯的神性中发现诗歌了。走走停停，当快要抵达中天门的时候，孩子们和我们都坐在石栏杆上缓一缓。

这样一群随意休憩的儿童中间，有半个身位容我侧身坐下，就够了，有人已经从他们的步点上，先行跟踪而来。

从他们的罅隙里

无声地找到位移的偏角

像是在泰山的膏腴之地上

找到一个斑点的位置

静静地发着光

——《坐在一群儿童中间》

孩子们窃窃私语，比灰喜鹊的搭讪还轻，而无言的人，头顶簌簌而落的槐花，我相信上午的泰山深处，必有虎须一样的颤抖，和一个虚构的王，佯装闭目养神，而内心不放过每一次逼近，所以它的两倍焦距镜头，不断循环，而将人像模式，拍出香狸模式来。

孩子们恍惚间都已逃逸，而在百级之上，代替泉水敲击地心节奏，发出我们少年的变声。这世界上已经没有空位属于我了，我以缺席的模式，点击这荒谬的空洞。静坐者也完全接受了自己的消失，当然，也接受了我的僭越。我相信沉默是所有语言最大的重复，也是命运反复挣扎之后，无法模拟的声音，于是我不再提醒这个世界。而我的沉默，似乎是将宿命提前，虚构和美的奔赴途中，我们起身，尾随孩童们而去。

我们必须从树洞里通过，别无他途。门洞为俗人而开，树洞呢？从树洞里通过的，是小兽、雀鸟，和上午的阳光，也许还有不谙世事的孩童，爬进去。企图穿过的我，得分别具有嚼碎松子的啮齿，浮在低空里的羽毛，还得自己成为光源。但这都不难，最难的是，模仿自己的四十年前，可我已经忘记了饥饿的感觉，并丧失了处子的纯洁。再说树洞深处藏着的是大寂静，而我的骨头里，只藏着忧郁。

那么，朋友们，我们从门洞里通过吧，唐宋的敲门砖只分辨时光，从不分辨善人和恶人，更无从把思想上的犯人和道德上的伪君子区别开来。我们从容自若地通过，没有任何灵光照彻我的内心。多年来我蘸着自己的污点写诗，漫漶的词语像癌细胞一样扩散，也没有任何举头三尺的无形之力，慢慢抹除我这粒人间的不洁之物。

我回头看见无数人还在鱼贯而入，高处的门楣俯瞰着他们，这些为寻找信仰而来，为求庇佑而来，为寻根骨而来，为排遣抑郁而来的人里，已经没有一个帝王怀揣封禅的幻想。而细看之下，竟然全是行走的祭品，像我。无一例外地，都在通向天外的神龛，将肉身呈上。

我们终将证明，宇宙没有永恒。而我迫切地需要相信：我们，都是永恒的一部分。所以我会提醒那些孤立于悬崖边，或者独坐于边栏的孤独症患者——我们到顶了。

走完了一个预言，又将返回预言。那些通过的，我们重新去通过一次。

登山的途中，我看到一双奇妙的白手套。空灵，温软，像是光源在提升。

一只上山的白手套，改变清风的形状，我不知道它从哪里借力，并将夏阳导入歧途，逼人的光芒，却在丝质纤维里穿行。一路上有国槐淡淡的香气不慎误入，在布面之内细小的空隙里，无法转身，恍如有不存在的人，托举着这只白手套不断上行。一忽儿陡峭，一忽儿舒缓，也如它无所依傍，激荡着自己攀越。

小憩时，这只白手套突然诡谲地消失，让我们觉得，有一只无法侦探的神秘黑手，正在企图戴上它。我在身后的石壁上找到它，释放了指洞里的银质和阳光质，安静地委屈在空悬之地，宛如一幅单色的自画像，在泰山的腹部，紧贴于逐渐发烫的石头。可这孤独的一只极尽演绎，仍不能构成故事，只有当它孪生的，一直充当它的阴影的那只白手套，暴露在一场登临的结尾部分，才有审美的呼应和如影随形的隐秘之境。让我不由得停下来让这双白手套凌空虚行，从人间开始叩击南天门，进入那个若有若无的仙境里去。

在白手套的牵引之下，我几乎就要抵达绝顶了。

然而白手套本身却在风中飘忽，似有隐疾。那么，最后一段路，我们坐着缆车上高山吧。

缆车一辆接着一辆，鱼贯而出，连绵不绝。逐渐升腾的样子，让我想起家乡断桥上，一批批放逐于高天的孔明灯，被巨大的曲线牵引，变得轻盈起来。我们坐在密闭的空间里，被匀速推举给深空，像是几个被云朵托着的、完成自我分封的神祇，觉察到了空悬之境。肉身轻浮，内心静穆。

　　如是稍有顿挫，我们也会将错愕和讶异，静静地藏起来，继续安坐，保持微笑。一个山头越过了，又一个山头缓缓逼近，仿佛在一组顶真上滑翔，也仿佛在一段忘我的人生里，完成光阴和光阴之间的连缀，短暂而又沉迷。

　　我们不断在新的开始中，向新的结束表达天问。没有人过度雀跃，也没有人十分庄严，这个过程是经过规制的，而意外，才是所有答案的总和。在泰山的上半部分，惊喜和心动，已经层峦叠嶂地蔓延开去，一个小缆车，已经向无限里穿越进去，来自秘境引力的劝诫，已然失效，宛若奔赴上苍。

　　而洞悉未来的先知，并无一个确切的地址，我们也来不及虔敬地，呈上大平原一样的拜帖。所有的鹊鸟向高处去，都像是去参加自己的葬礼，而所有的我向高处去，都像是去悔罪。直到我们在最高的顶上，卸下一身云霓，才复归人世。

　　所有人，都满身披戴着光芒，我看见那一只从梵音里，跃出的白鲸，正在游向玉皇顶上空。那片蔚蓝而又深广的大海。

　　我来了，泰山。像你的弃子，亦步亦趋地来了。

上天将帽子做成纯白的雪山

落日搬迁到它的边沿

我也在这里，惊险地建造云中居

如泰山允许我在一顶白帽上

编织新的十八盘

我也愿意在最后一级阶梯上

做你灰喜鹊一样的香客。

　　　　　　——《我愿居住在这样的帽檐》

　　帽檐从上午到暮晚，一直在提升着自己的海拔，附着的粉色花，已然感到了云朵的疲倦。所有那些愿意居住在帽檐的小风，都在接近山巅前撤退，在四个方向，苍茫，是一种生灵的形体，我能看到那游离着的无秩序的霞光。我相信神灵，也居住在帽檐，融汇于无法描绘的辽阔中。而那只扶正帽檐的手，又将我从巨大的消逝中拽回。

　　在泰山，风骨就是一枚别针，穿透了妄想症，将空空荡荡，固定在帽檐那一丝柔韧的草上，久久地，得不到转换和呼吸，以至于我相信，出神一刻，就相当于窒息一生。这帽檐上的履历、暂住证，最后，与生命图腾和原乡，消融在一起，共同形成了泰山绝顶的黄昏。

　　山巅，我在一株海棠树下，沉默。

一座过于重拙的山，把一树过于细碎的海棠花，请到巅峰，是什么道理？我确定，要分成薄片活下去，拇指般摁着蓝天活下去，每一秒都是簇新的忧伤，那样活下去。诗歌和人们，东方美学缠身，让我误以为，你是我曾经皈依的野山樱花，内敛而又无知地开放。我路过，看到你的天赋而喜悦，并决定下山绕道，不再路过你，放弃第二次喜悦，若干年后在此重逢，必将意味着枯槁与枯槁并列，白花与白花层叠，而其中大风起的过程，是高山的一场心绞痛。

> 我们劳动改造一样的生活
> 仿佛是虚幻的
> 而臆造的短暂的秘境
> 仿佛是真切的，而又永恒的
>
> ——《山顶海棠》

一树单纯的海棠花终于从我的人生际遇中，领取了五分钟的时间，如同领取了我的全部词语，和活着的残余意义。

一座毫无用心的大山，将毫无机心的花朵，佩戴在耳蜗旁，没有道理啊，也无所顾忌。

当我站在泰山之巅，看见一条山脊，如同坚挺的鼻梁，将两个湖泊分开，成为我碧蓝的左右双眼之时，我知道，我就站在结局里，欣赏着结局。我是从高处的场域中拨开雾气和烟岚，准确地找到低处场域中的水蓝的，那几乎凝滞的单纯颜色，显然已经不是翡翠玉石能比喻的了，它俩没有漩涡，没有刻痕，没有潮汐，没有跌宕，平静地平铺于平原上。我想象着它们的深邃，是暗处的涌动，它们的水质逐渐成为颗粒，成为颜料，成为苍山涂抹而成的巨幅油画。

水鸟们在我眼皮内不断起飞和降落，我举起手，将大湖和小湖，捧在掌心，似乎托起了，我最为亲密的两个女儿。多年前我去了银滩，海水绕膝，让我感觉大海就是我的女儿。多年后，我又有了一个女儿，现在，就在泰山之下，远远的，以内陆湖的恬淡，进入我的诗歌语境。

我最为要紧的事情，就是将小湖导入大湖，抑或是用大湖接纳小湖，当她们合二为一，就将是我奔流的江河和无垠的大海。我都可以指认她们为深邃的骨血。大女儿可以有适当的大，小女儿可以有合理的小，两个女儿可以有天然的互补和配合。多年后，我也会这样，站在高天的位置，注视她们，充盈时我会以光芒的形式去看她们，萎缩时我会以雨露的形式去看她们。我愿她们永远在我可以接受的度量上，活成自如的生命能量守恒者。

穹宇之下大地澄明，泰山之下的气脉水母一样展开，仿佛在慢慢地游弋，一切都亲缘一样毫无芥蒂。

我很少出远门，一旦我精心比喻我的孩子，必然是我遇到了好天气，这样的时候，没有一个阴郁的词语，愿意来打扰我们，远隔两千里的联系。我站在华东的高海拔上，从未感觉到孤立。

如是静默下来，甚至能听到那远水和远水之间互相交汇的波浪之声。

局部

园子的旁边有一汪人工湖泊，常常有优雅的白鹤在这里停驻和滑翔。园子周围是十来棵李子树，一到春天李花盛开，像是一个巨大的花环，围着我的菜园子，我这块土地每年都加冕为王。当然我也独自为王，我的菜青虫也独自为王。

引　子

　　我们耽溺于日常，被日常的欲望所羁绊，对于日常的理解自不必多说。而"神性"的意指则要复杂得多。它的符号化过程，常常最后被人认为是孤立、静止和固化的，在很多人眼里，"神性"是符号，而不是符号化。当我们面对壁画上的飞天神女、神龛上的神位、洞窟里的山神的时候，我们会认为神就是这样的，神性是被规定了的。

　　所以我们往往忽略了神性的产生。

　　神并不玄，神性也不是通常我们认为的诸神、神话、神学、玄学，更不是神神道道和神经质。

　　神性的产生过程，尤其是日常的神性，才是我在书写中注重发现的。

　　"日常的神性"，是人性，是人性的过滤和净化、美化、善化、信念化、信仰化。这种"神性"也是"物性"，是物化、泛化，进而扩大到与人关联的万物，经由人的情感处理，思想观照，进而产生共时的人对物的心理投射，达到完善人性中思想、态度、愿望、情绪、性格等个性特征的目的。

所以我对一只蟋蟀、一条菜青虫充满了敬意，它们在我庸常的生活中产生了神性，而幸运地被我发现了。

这完整性的人间啊，先从局部开始爱起

神性的产生，以人和物本身蕴含的"道"为基础，并以人的想象力和艺术处理为手段，将其符号化。神性是形象，鲜活的形象，可以摒弃精神中的不洁，用干净的内心去触摸的形象。神性的符号化过程，是最重要的、诗人自我净化的过程。神性的发现有时候基于同情心、善良、悲悯情怀，但这不是最重要的。关键在于人性中的变化，在诗歌中意象的反复显影，捕获之后，用语言符号进行人性化呈现，不断地用人性中的自我纠正、自我修复、自我完善、自我提高，来使物象的神情、行动具有神性的光芒，从而照耀到自我和他者，甚至影响到更宽阔的场域。

这样，一个小小的物象——蟋蟀，它是无脊椎动物，节肢动物，昆虫纲，直翅目，蟋蟀科。亦称促织，俗名蛐蛐、夜鸣虫、将军虫、秋虫、斗鸡、趋织、地喇叭、灶鸡子、孙

旺、土蚕子。

这样，一个小小的物象——蟋蟀，它是卑微的会鸣叫的古老的昆虫。

这样，一个小小的物象——蟋蟀，是我站在村小的操场上，对着几十名老师和同学背诵的"蛐蛐"；是我掀开泥团，轻轻拿捏住的柔软小生命；是入夜时分不知疲倦永恒地演唱的歌手；是我的诗歌中那种"局部"的蛰伏者。

> 我一直活在局部里，蟋蟀解决不了所有大地的荒芜
> 在星空的完好无损下，低声部的吟唱那么忧伤
> 一声长，一声短，又一声长，又一声短
> 而后无限长……完整性的人间啊，从局部开始爱起
>
> ——《局部》

在武陵深山中，夜色渐浓，一个寂寥的孩子站在寂寥的夜空下。星空完好无损，高处自有高处的完整。而我是局部的，我渺小，局促，拥有的是逼仄的处境，我周围的大地日渐荒芜，相对于无限神秘和辽阔的星辰的领域，我短促的人生、卑微的生命、黯淡的精神都只能在局部存在。然而，比我更卑微、更黯淡的蟋蟀不这么看，不这么想，不这么妄自菲薄，它们艰难但是从容地活着，丑陋但是审美地活着。它们细小的腰身里蕴藏着无尽的能量，它们以纤细之足，尽十

里之力，以柔软之须，履坚硬之地，以咀嚼之口，咬斗黑色江湖，以迷离复眼，睥睨炎凉人世。最重要的是：它们以脆弱之腔体，共鸣抗议之美声，它们的日常，便是将自己惊人的语言能量释放出来，用诗人们都惊叹不已的天才的句子向浩渺的夜空发出试探、交流、叩问的频率，定能传达到"深邃"那里去。当然，它的努力无任何回应。虫洞、黑洞、量子纠缠、暗物质，等等，都没有向它们回复。然而它们无所欲，无所谓，无所忧地，继续鸣叫，似有未尽事宜，似有未了心愿，似有旷日持久的诗意还没来得及告诉我这样的诗人。

我，一个孤独的孩子。便活在蟋蟀的局部里了。

当然，我还未能领会它们自足的完整。

每天晚上，我都在凝神静听，那些没完没了的天籁之音。我活在一种看不见的"音速"里。这是词语组合的速度，这是诗歌生成的速度，这是诗人流落民间的速度。我活在"声部"里，它们不擅高音，将嗓门压低，以平民的声调和群众的口吻，无休无止地拍击着空中的事物，也拍击着我的柔软的心之瓣膜。它们以低声部的发声技巧，用诗歌中的含蓄和婉曲，向月光致以爱慕之意，向星光致以逍遥祝福。它们长一声，短一声，再长一声，再短一声，而后无限长，它们深谙语言的音律性，控制着诗歌内部的节奏感，用跌宕变化、循环往复、一唱三叹的长短句和分行，向我指出了现代诗中潜藏的声音的秘密。当然，更是向我揭示了诗歌中自由的秘密——变独白为独唱，你看，它静静敛翅，而身体因为某个咏叹调而不停地颤抖。而当它们互相体悟，理解，包容，参与，便会在我的菜园子里，这一亩三分地里，这古典的藩篱里，逐渐融合，逐渐应和，逐渐形成交响乐，向我的诗歌，示范句子和句子之间的和谐，节段与节段之间的转承，上一首与下一首之间的逻辑，组诗与组诗之间的建制，我似有所悟，而又无所得。

所以我活在蟋蟀的"道"里。

一只小昆虫，本身便蕴含着某种道，会在适当的时机，向一个诗人传达出来。它不会变成汉语告诉我，而是在我的思想与蟋蟀交流的时候，某个瞬间，袭遍我的全身。我因为这种娇小的肉身所具有的非凡能力而震颤，我的诗歌的词语也在震颤，于是，神性产生了，不屈地活在"虫世"，还要以大海般涌动不息的心力宣告它们对于艺术和美的执着，这就是它们的道。我确乎感知到了。而且我相信，任何一只蟋蟀，都自带有某种道，可以在特定的契机，醍醐灌顶每一个自以为是的"高等智能生物"。

蟋蟀在地球的局部，在哲学的局部，在诗歌的局部，在艺术的局部，爱自己，爱渺小的、脆弱的自己，爱强大的、永恒的自己。它们爱局部，爱局部的馈赠和容纳，爱局部的实在和地气，然而它们在爱上局部之后，进而爱上整体，用清亮的音质爱上宽广的音域，用单纯的独唱爱上恢宏的合唱，用长不盈寸的身体爱上辽阔无边的旷野，用暗淡无光的复眼爱上遍地月光，用无力飞翔的翅翼爱上头顶的苍穹。

我也在局部里，用残缺不全的诗稿，爱你们的人间。

咬出一个小洞，看天

和蟋蟀一样，一条菜青虫亦可开示我。

它的能指简单，而它的所指包含了生物学、文学、价值观。尤其是诗歌，诗人的自我萎缩和自我放大。甚至，它的所指还包括众多读者对"菜青虫"的轻微不适感。一首诗歌完成了一种物象的意指，将核心的联系（或者说偏执的、牵强的联系）泄露出来。

于是，神性的意义部分得以语焉不详地道出，或是暗示性地指向。现代诗歌部分反对古典诗歌的"诗以载道"，反对"兴观群怨"，反对"意义的扩大化"，然而不幸的是，我所认为的日常的神性，正是将"意义"有"意味"地暗指出来。那么我必然会面临"意义的桎梏"困境，然而我并未将"意义扩大化"，只是将其呈现出来，在唯心和唯物之间，我有一个度。

这便是日常的客观呈现，至于背后的意义，那也是自带的、自然的、不求照亮自我而又光芒乍泄的。

这条菜青虫也是蛰伏于"局部"的。它附着的地方特殊，在菜叶的背脊上，像我这样的诗人，怕见强光，怕被炫耀，怕别人一览无余看清我，怕你们伸手过来就能拍落我。于是我只能在这个世界的反面，阴暗地活着。我和你们相反，远离现实，而对不着边际的幻想甚为迷恋。你们所居住的正面，是镁光灯聚集的舞台，是居高临下的主席台，是自由摔跤式的夸张表演台。正面聚集了绝大多数欲望，比如捏紧话筒不松手的控制欲，举着奖杯不松手的表演欲，指手画脚训导年轻人的导师欲。正面的沙盘上正在推演成功学，厚黑学，菜青虫绝无翻身的可能，只能在反面，以微弱的能力，一口一口地咬。

它想看天，于是真看见天了。

> 那附在菜叶的背脊上，站在这个世界的反面
> 小小的口器颇有微词的，隐居者
> 多么像我。仰着头，一点一点地
> 咬出一个小洞，看天
>
> ——《我有菜青虫般的一生》

在村里，我有一块菜园。江边的菜园，湿润而又肥沃。园子的旁边有一汪人工湖泊，常常有优雅的白鹤在这里停驻和滑翔。园子周围是十来棵李子树，一到春天李花盛开，像是一个巨大的花环，围着我的菜园子，我这块土地每年都加

冕为王。当然我也独自为王，我的菜青虫也独自为王。

尽管这条被汉语困住的王者有些挣扎，贫穷、低微、渺小，出头无望。

白萝卜皮变青，黄土豆皮变绿，从小兽变成人，是一生的光合作用；拔萝卜，埋土豆的孩子，和我一起在菜园子里，构成新的序列，深信风雪过后，冬阳定会遗传什么。真的，李花开了，看上去早没生命迹象的枯枝，也诞育了几朵光的女儿。我摸摸自己的脸，没有面具，眼镜旁落，上天的光之吻方便了许多。

我的菜青虫就在这样唯美的环境里，做梦。

它在虫类的中等师范学院毕业，出来村里教授小虫子们的国文，那些蜿蜒而又泛黄的痕迹，便是它写在青菜叶的黑板上的，小虫子们都是野孩子，随便哪片叶子都可以令它们逃学。老师并未意识到自己是这个混沌年代的差生，还妄图为淳朴的小虫子们诵读诗歌。当汉字的雪花一片一片地在它的菜园子里飞舞，它也知道应该在诗歌里升起火焰了。微薄的工资甚至买不起炭火，只能运来一点夹杂石块的劣质煤。它会在凛冽中步出木屋，去菜园子查看自身的隐居状态，是否如陶翁般自在。不，它没在。

它在春天里。依旧是李花开的时节。春阳之下，数瓣展为一朵，数朵挤成一簇，数簇压为一枝，树枝摇成一树，数树把菜园围起来。它也新生了，想是决定不再内向。

它对春夏二季是顶礼膜拜的，日日昏定晨省，待之如生养父母。它决定要在窘迫的状况里写诗，趁着自己的青春，一字一字地写，爬格子一样爬在菜叶上咬。它咬的每一个字都渗出自己的体液，像是诗人的句子带着自己的精血。它心无旁骛，绝不贪人之功，去现成的空洞那里看天。它要自己创造。它咬着咬着，就把菜叶咬出了痕迹，继而咬出了褶皱，进而咬出了裂隙。它咬到了叶肉，咬到了叶脉。它吐出菜液，释放锦心，像煦暖春阳那样，向虫世传达出语言的温度。

某个初夏，它咬破了笼罩。

它解开了穹顶。

它看到一洞湛蓝了。

它看到的天，真大啊。比自己的野心大多了。真干净，真光洁，真的很美，像是神话那样美。

于是，它获取了神性。它为自己封神，不再含混不清，不再畏畏缩缩，不再觉得神是别人家的。

我迷恋这几乎不存在的欢乐

在这个村子里，诞育了我的蟋蟀，用以抵抗我的寂寥；诞育了我的菜青虫，用以抵抗我的贫穷；诞育了我的折耳根，用以抵抗人间灾难；诞育了我的局部，用以抵抗我的整体。整体无垠，近于虚无。完整无瑕，我当为局部的无瑕。

同样也是在这个村子里，我目睹了完整被局部破坏。

那年冬天，腊月，大风吹在诸佛村的风吹坝上。整体性的大雪，下了整夜，天明时，田畴十里尽白，厚厚的积雪已经覆盖了所有灰色系的事物，而将局部掩盖，并用单色，向我的村寨报告年景。

村庄里的雪地，有一个时刻，是保存完整的。没有任何早行人，也没有任何发疯的狗，改变雪地原有的样子，就连躲在暗处的黄豆雀的眼睛，也没有扫过村庄一眼。当它们的眼皮张开，这完整就被破坏了。可我一直没有真正见到过那个时刻，雪地归零的时刻，没有被动物看见，也没有被植物摇动的时刻。

> 我迷恋这几乎不存在的死寂，就如同
>
> 迷恋几乎不存在过的欢乐
>
> ——《雪地上》

在这样的环境里，不存在欢乐，也不存在悲伤。村庄零度，我的情感零度，我的诗歌零度。这是一种整体性的零度。

一切都是静寂的。

然而，局部的人影突然从一栋被大雪包裹的木屋里冒了出来，紧接着，响起了唢呐。

这种整体就被打破了。像是一种意外的，毫无准备的创造，突然出现在雪的既有规划之外，一下子突破了雪的独裁。民间管乐像是声声旁白，在对这片大雪的秘境进行补遗。

大雪从空域而来，本身来自天外，似乎是神派来的女儿。

其实它们不是。它们的冰清玉洁并不意味着神性。

真正的神性是：在这十年罕见的大雪之境内，在全世界都藏于斗室的日子里，我的妹妹出嫁了。用现在的话来说：她嫁给了诗和远方。天然的雪是嫁妆，天然的诗性是离别之意，天然的人天然地去了未知的另一个雪境。她多么幸运。

上天的馈赠，与人性的巧遇，这种联系才是神性。

欢乐像是大雪的情感一样，起来了。然而似乎并未存在，孩子们和我，也并未雀跃。欢乐之于妹妹，起来了，然而她的泪水，更像是上天的眼角在大量化雪。这种欢乐，是当时的坝子上最为弥漫的情绪，但又漫渍，不易觉察。水田的冰凌是零度的，雪继续落在冰凌上是零度之上的零度；人们的睡眠是零度的，黎明加深的睡眠是零度之侧的零度；我们的寨子是零度的，即将送走的姑娘是零度的，寨子里的现状是零度减去零度，还是零度的。

零度的现实处在整体性的永恒之中。

她出门了，汉子们抬着柏木家具走在前头。积雪很美，却不是神性的，只有人们的脚踏进其中，发出扑哧的声音，才具有神性的乐调；继续走，雪花粘在妹妹盘好的发髻上，并反射出洁白的光芒，雪才具有神性的颜色；又继续走，一串脚印遗留在队伍之后，浅浅的洞穴散发出无法摹状的大地温情，雪地才具有神性的温度；还在继续走，队伍和队伍的踏痕蜿蜒而去，形成曲线和动态，大雪之下的村庄，才具有神性的形状；还在不断地走啊，亲人们纷纷站在院坝上，将雪地站成影视剧里的场景，并未挥手道别，并未呼唤，而是久久的沉默。雪停了。阳光出来了。依旧在沉默。这化雪天的沉默啊，才是神性的语言。

所以无论哪种欢乐，都是零度的，就像是几乎不存在的。

无论哪种欢乐，都是沉默的，也像是几乎不存在的。

欢乐，和欢乐的中性。

神性是个时间价值观

神性是关于时间的价值观。

无论是我的局部里，蟋蟀的"一声一声"叫到地老天荒，还是菜青虫的"一点一点"咬到海枯石烂。

无论是我的局部里，"一步一步"扛着柏木修缮老屋，还是"一串一串"的踏雪痕迹。

都关乎时间。都利用了时间。都在时间的消耗中，成为神性。

可以说，诗歌本质上就是一种时间的消耗，生命的消耗，当所有消耗到达极限，死亡便会成为诗歌的终极形式。而之前，你可以获得时间的礼物——爱。

在我的村子里，土豆是最卑贱的地下之物。然而，它们中的任何一枚，都没有放弃过破土而出的努力。每一枚土豆本身在向着天光努力，助人为乐的土豆也在底层，把上层的土豆往上顶。每一枚土豆的时间简史，都是一部煌煌奋斗史。

一枚土豆，将另一枚土豆顶出地面，用了半个月。这一部分时间，缓慢到诗人根本无从体会，近乎为零的速度，是一种怎样的希望，又是一种怎样的绝望。而当有时候犯错的土豆把另一枚土豆顶到负一楼的时候，诗人们更是无从理解这是一种怎样的崩溃。

为了把窝着的那一枚土豆，咬出黑点，蚂蚁用了半生。蚂蚁作为"土豆爱好者"，和诗人一样有了进入土豆内心的行为，它们为了弄清土豆的缄默，耗费了半生。换来的结局是只咬出一个黑点。它最后死在土豆的表面。像黑痣，死在一片白皮肤里，有一些力，我无法看见，消失在相互的旋转里。蚂蚁毫无神性的理想，让它竭尽所能，死于无意义。就像我们，为了一首虚名之下的诗歌，耗尽心智，掏空精神，走向速朽。

蚂蚁们为了活着，就去伤害，就去轻微地，噬咬，它们在时间的价值观里，分离出了"爱"的价值，它们不被理解的行为终于显示出神性的光彩来。

为了卑微地爱，就去用一个黑点

　　和另一个黑点

　　试探，接头，然后转动不息

　　　　　　　　　　——《卑微经》

　　蚂蚁在局部的"爱"与"欲"，是人性的基本，然而通过时间价值的换算，通过无尽时间里的旋转，我们得到它们无限延长的"爱"的无尽尾数。整体性的"爱"中，局部的"爱"含有的敌意，让"爱"真实而又具体地出现在诗人面前。

　　所以，神性是细微的，是细节的，是有隐蔽性的，是需要诗人琢玉之手来打磨的。

　　在我的村子里，局部的神性隐藏在开阔之中：所谓的"开阔"，就是两根极为细小的青草之间，容得下一粒羊粪；局部的神性还隐藏在清新之中：所谓的"清新"，就是青草特意在春阳中长出绒毛，粘住下坠的露珠；而人际关系的神性，就隐藏在交往的细部：素淡之交——就是不和你一起躺在任何一根青草上，不把任何一株青草上的露珠，滴在你的脚趾间。

　　在我的村子的局部里，有许多草甸。我和羊一样，喜欢那些温软的草。

　　每一株草上生长着可喜的时间。

　　时间在草叶上是片状的，在草茎上是修长的，在草芯里是露珠状的。

时间在草与草之间，是香气，羊粪经过高天的修辞处理，逐渐变淡，被草同化，而具有草的气息；同样，时间在草与草之间，是宽度，看似很逼仄，实际上，在细弱的草的间隙，容得下一粒异类的排泄物，不可不谓"容量"和"开阔"。时间在这里，获得人性中进化的包容性，以及宽宥，原谅，和更多更纯粹的待人之道。

此刻，时间中，哲学意义上的社交关系，便具有神性了。

脚趾之间，不遗余珠。

神性是一种危险关系

我的村子，有一面悬崖，居于我的诗中某一维度。

村庄是一个小小的整体，悬崖是小小的整体中更小的局部。无论它多么陡峭，仍然是"爱"的切面。

我的村庄边缘，悬崖有一个错层，逼仄的平台上有一条小路，站在白云的角度，才看得清它，有多么柔软，替每一只羊留足了蹄花开的位置。我进去的时候，左手悬空，有一种被风拉扯的感觉，在这里，顺手牵羊多么困难，我得随时防备羊对崖壁的抵触。羊群安静下来，在悬崖中段，挨在一起悠闲地吃草。我在阳光下睡觉，没有一只逃逸的羊，敢于从我的睡意上踩过去。

绝情羊倌，躺在悬崖的路脖子上

卡住一群羊的归途

从白云的角度看过去

这条柔软的小路上，多了一个死结

不到黄昏，缓不过神来

———《悬崖上的羊群》

在我居住的深山武陵中，有一种危险关系，叫作"羊与歧路"。羊本身是兽性的，人性中有兽性的一面。而神性是怎么产生的？

当羊成为孤独者，在坟头寻找草的时候，神性就隐约开始出现了。这里是诸佛寺的旁边，一代又一代住持大和尚埋葬在这里。羊在他们的圆形坟冢边逡巡，像是兽类中的居士，已然皈依。然而当它们肆无忌惮地向坟头，这种皈依的虔诚又被现实打回原形，被欲望的兽性打败。所以，在这里牵强地认为羊和得道高僧偶遇而产生神性是不适宜的。

然而，十年一遇的盈尺大雪，将羊的领地——这片悬崖占领的时候，它们仍旧出门寻找生存的残草。远远看去，辽阔的白掩埋细微的白，羊匍匐，起身，走向悬崖，孤绝的动弹，几乎看不见。羊们带着各自姓氏私奔，这一切都更接近集体逃难，北风充当了快递员，但还是赶不上豹子心动那一下。这时候，羊的神性真正地产生了。

其中一只，我的羊，用我诗歌中的普通话，咬碎一株崖边草。余音袅袅，像是草的诵经之声，像是羊的祷告之声，像是羊的不屈得到了神秘的回应。除了羊雪白的背脊，再也没有第二种温柔了；除了羊不断钝化的角质，再也没有第二种抵触了。羊在这里具有了神性的外形，白中之白，温柔中的温柔。

我站在羊的偏旁那里，羊的叫声敲打着我的意象，我骨子里的结构坍塌，我左心房的语法失去了韵律。羊在这里具有了神性的语言，叫声中的辞令，诗人若有意，便能聆听那羊嘴里吐出的锦绣华章。

衰草不认识自己的身份，而羊能准确命名，它甚至认识草尖上的露水，悬置在时光那里的叫"滴答"，悬置在血脉那里的叫"叮咚"。羊在这里具有了神性的眼睛和鼻子。

凌晨，羊的蹲姿，并不意味着顺服，它站起来尥蹶子，也不是致敬，我知道：过完没有姓氏的生活，该醒了，晨曦中的太阳，最有资格做羊的胎记。这里的羊，具有了神性的涅槃和再生，具有了爱与欲的倾情之后，新的起始。

"喂，还我羊角。"那个牧羊人，还在一遍遍地向着空无，抽鞭子，风没有痛出响声，命运也没有。这里的羊和牧羊人，这个诗人中的笨拙者，一起，构成了危险关系。

危险的神性，让诗人的精神力耗尽。然而，他们多么快乐。

局部先爱了，整体就爱了。

尾　声

我又回到村子。我已然没有多少可以这样踏实回归的地方了。在这里，我沉浸在许多物象的局部之中。我的眼睛像显微镜，试图看清我的命数。

是的，我的命和荣誉，都沉浸在这里了。

十年的深入，十年的体察，十年的风雨与共，我已经对许多植物的性格和许多动物的禀赋了然于胸。它们早已不是符号，而是神性化的动态存在。面对这些弱小的，自然生长而又自然消失的诗的物象，我一点也不讳言将其神化。我乐于将这种令你们哂笑的行为，记录下来。

灵魂的封面

取世间好竹，取竹里好浆汁，驭世间好马，拉村庄里最大的碾盘，择老柏木两根，唤来精壮汉子两个，为他造一张薄纸。他就蜷缩在里面了。将一张纸的四角卷起来，对折，粘贴，数好……封二、封三、封四、封五、封六、封七。

给他的灵魂，做一个封面吧

在西南医院做了穿刺活检后，我们就知道，老人家已经要和我们告别了。

接下来我们要做的事情，是送走他撕裂般的痛苦，而把他的灵魂珍藏起来。

首先要给他的灵魂，做一个封面。

死去的人都有一个封面

取世间好竹，取竹里好浆汁，驭世间好马，拉村庄里最大的碾盘，择老柏木两根，唤来精壮汉子两个，为他造一张薄纸。他就蜷缩在里面了。将一张纸的四角卷起来，对折，粘贴，数好：封二、封三、封四、封五、封六、封七。他死了，只有这样一张本地野竹，做成的符纸，才配当他的封面。村里每一个死去的人，都有这样一张封面。封底最后闭合，决不允许再打开。

> 只有火焰能够夺走你的底子
> 只有阴魂
> 能够领走你的面子
> ——《死去的人都有一个封面》

封面小了些，包不住一沓纸钱；封面窄了些，包不住那一团火焰；封面糙了些，像是那张消失的老脸；封面薄了些，一个皱褶，就像在哀伤。

他的封面焕发出黄金的光芒

老人家的封面制作，一点马虎不得。首先是要用村里最古老的造纸法，造出一批黄金般的草纸来。草纸可以做纸钱，可以写符纸。最关键的是，可以择其中最柔软、最绵实光洁的那张，作为他灵魂的封面。

为了这张封面，他从小就要在祖父和父亲的指导下，练习将野竹变成纸张的七十二道工序，这种漫长而细致的传承，堪称神乎其技，当然也是艰苦卓绝。他从小照看着江边的野竹林，不让人随意进入砍伐，尤其要防火。他要从童稚时起，就在家里养至少一匹苦力马，平常用来驮运水泥、砖头、水稻、玉米，紧要时用来拉动碾盘造纸。他要留心看好自家古老的石碓，用石板密实盖好，舂竹浆的时候揭开。他要随时检修浆池，每年都用石灰将缝隙抹上，确保关键时候不漏浆。他最近要给压纸架上的木码加码，即将到来的灵魂很不凡，需要更多的重力来保证出纸的质量。他要……他要做的事情太多了，就为了一张纸。

一张封面纸。被火焰夺走，被灵魂领走的那张纸。

四月，江边的野竹摇曳。一丛一丛，一片一片，满峡谷，满崖壁，都是这些倔强的竹子，用细弱的身骨，中空的内心，完成伟大的遮天蔽日。他深入竹林之中，与一只竹鸡隐入其中没有两样，要不是偶尔的大吼，峡谷外的妻子根本不知道他身在何处。他会一边窸窸窣窣地穿行，选择好竹，一边叫几声，向外界标注自己的位置，以免妻子放心不下，以免自我迷失，以免和野猪等兽类迎面碰上。他号叫。野兽们就远远地躲开了。

他要看准，砍到这个季节里最好的野竹。这些竹子，身材修长，长相匀称，不要太老，也不要太嫩，最好是选到的好竹子能连成一片，他就不用东砍几根，西抽几根了，他就可以花一个上午的工夫，一捆一捆地砍出人间好竹，把它们运到江边。妻子像个二传手，早就等待在江畔平实的石头上，把这些竹子，也一捆一捆地转运回到村寨，放在池子边。

他们砍回竹子后，会去石灰窑边，背回最新鲜的白石灰。他要引来山间最清冽的山泉。这种引水方法也是古老而又唯美的。把高处的水，迎进池子，需要一根接一根的竹子形成山间耀眼的明渠，每一处接头的水线都带着光，声音柔顺，在寂静的山谷低语，下一段接着上一段的话头，像一场关于高山流水的叙述在不断接龙。泉水叮咚地流入池中，溅起水花，形成涟漪，让他们凝视之时，能够分神，产生小憩的感觉。

然而他们不敢休息，时间不等人。一边接水，一边要把石灰倾倒入池中，用长长的木棍搅拌，让它们分散，均匀，看上去像是一锅白面汤。然后把竹子划破，打捆，放到池子里浸泡，这一道工序称为"放麻"。

四月放麻，七月洗麻。

两三个月过去了，石灰水池中的竹子已经被泡得绵软，烂熟，逐渐在池面上形成浆液。远远看去，像是面汤经过醇化，已经可以被大地饮用了一般。然而这还没完。

他们要把被石灰水泡烂的竹子捞起来，把石灰洗净，让经过石灰泡熟的竹子净身，露出自身最光洁的本质来，然后再把池子里的石灰水也洗干净，放上清水继续浸泡，十五天之后捞起洗净再泡，这道工序称为"发汗水"。再过十五天，他们把竹子捞起洗净后，继续用清水泡两天，这道工序称为"去污"。他们不厌其烦，像是精心侍弄艺术品的坯子，也像是书法家把文房四宝准备好，不能粗鄙，而要细腻，要经过儿子的灵魂清洗，才能为父亲的灵魂写史立传。

去污之后的竹捆已经成了生纸浆，再将生纸浆捞起用石碓窝舂碾。

他们家还有两个石碓。一个平常用来舂米、芝麻，做汤圆；另一个"养兵千日用兵一时"，专门用来舂竹子，造纸。他们有一个不断昂起头又垂下头的木架，有一个忍受千锤，不，万锤的石窝。他有一个跳单腿芭蕾的妻子，膝盖上扬时很轻盈，脚尖下压时很沉实，换脚时不用停顿，节奏无丝毫偏差。

踢踏，踢踏……

在富有节奏和韵律的踩踏下，铁钻头插进竹子的，发出扑哧的下滑音。

他们还有一个胆怯的女儿，伸出手，又缩回来，用光滑的油茶木，将竹渣子搅动；他们还有一场关于舂碓的模仿，在妻子的身后，小儿子一前一后，嘻嘻哈哈，被称为狗尾巴。

一声一声：嘭嘭嘭嘭。村寨里这种低沉而悠扬的调子，穿透了天空。慢慢地，生纸浆就成了熟纸浆，熟纸浆便可以走进造纸坊了。进了造纸坊，真正的造纸才开始，接下来的工序更加复杂，首先要备好阳桃藤浸泡的阳桃膏水，再用阳桃膏水和熟纸浆一起下到池子里，经过多次的搅拌之后就开始舀纸了……

夏日骄阳下，村子里蒸腾着纸浆水清新而又迷醉的气息。他已经在造纸坊里挥汗如雨了。舀纸是细致活。他的手根本不容许疲惫，不容许颤抖，不容许分神，从而避免舀纸不全片。他专注得像是一尊菩萨，温柔的眼光始终没有离开纸浆缸。他双臂能屈能伸，自然而然，握着舀纸的筛子。他要把这种力量的度把握好，拿捏到紧致而又松弛之间，太紧会造成舀纸不匀，太松会造成脱筛。

他将筛子轻轻地浸入纸浆里，肉眼和心灵配合，调整到最佳角度，让最难把握的"水平"形成。当纸浆在筛子上慢慢浸入那薄薄的一层，便迅速提起来，他就成功舀纸一张。

这个过程，悠然自得而又撼人心魄。任何一点差错都会前功尽弃，白费工夫会让他沮丧许久。长时间来，他已经对此谙熟于胸了。

最为重要的是，在连续不断的舀纸过程中，需要一个良好的心态。他需要放下名利执念，放下无尽伤痛，放下绵绵悲哀，甚至放下爱，将精神集中在造纸坊的每一张舀纸上。

然而，没有一道工序是轻松的，这种专注，会持续到造纸结束。就像人生，对生命的尊重和照料，会持续到父亲他老人家归于极乐那一刻。接下来的"揭纸"，更是对他艺术手法的精细考验。

"舀纸是匠，揭纸是师"，他一生都在练习，将一片水从另一片水里揭开。水纸几乎就是水了，带着细纤维的水，每张都揭开，五张成一沓，液态纸，是纸的婴儿，在暖阳下，他静静地磨指甲，磨倒刺，磨老茧，磨血疱。掌心具备了襁褓的柔软和经卷的滑腻，他神定气闲，极其熟练地，从光阴里，救出一张水意淋漓的纸来。

七十二道工序，条条蛇都咬人，没有一道轻松，没有一刻可以大意。纸张，永远是人们精神里最重要的物象，是最需要沉静的心智和巧妙的手法的。"七十二道脚手，除开吹那一口"，除了手风，还有口风，造纸过程中的"吹"也是非常重要的。仿佛是他们无声的语言，无形的技艺，他们吹浆汁，吹帘子，这些看不见的精微，用嘴型和气息之力来完成。有时候，仅仅是轻轻地呵气，一面液体的纸就成型了。而后，他将帘子提起来，一个水平面便悬在空中。无须吹纸浆的时候，他就吹掉入浆汁池的小飞虫，从水纹中吹掉一个黑点，从涟漪里吹去一处斑痕，如吹掉生命里的痛处，他的绝技，就是将大风分成微风，慢慢地吹走薄暮。

于是，他们看到一方刚出水的草纸，像人间最柔软的黄金，吸水的黄金，纤维化的黄金，可以像切豆腐一样切开的黄金，捏在手心成了泥的黄金，咀嚼起来烂熟的黄金，清香四溢的黄金。纸到黄金为止。此刻，他们也想：留下一方黄金，不要把它变成祭典上的火焰，让它，自然地风化。他们愿意看到黄金逐渐萎缩。大风把它含在嘴里，又吐出去。

有一次，年过八旬的写史老人来这里，写下："朗溪，狼溪，有异兽，背负双目，凶悍而多情，猛于狼而次于虎。"——这时候，粗疏的草纸，沾上墨迹，竟然有了奇异的光泽，浑浊如泥的纸浆后来成了草纸，用于燃烧，写在上面的墨迹，坚持到最后，即便是化成灰烬，字符也会到最后才散开。他们听说老人逝世于戊戌年早春，他笔下的神犬，凶猛的部分像是他，多情的部分像是他们。他也许，真的听见了纸上的虎啸和火中的狼嚎。

用顿挫的笔意在封面上写命运简史

一捆黄金般的草纸叠在阶檐。我们要为老人家写符纸。

我会用毛笔小楷写我的四十九封符纸，我的兄弟们不能，他们用圆珠笔，常常因为用力过重划破草纸，不得已换一张封面，重新用糨糊贴好。我的毛笔轻灵快捷，往往可以依靠笔意，取得速度优势，我的兄弟们笔意笨拙，缓慢得像是在石头上刻碑，每一个名字都会从薄薄的纸片上，走上神龛，为此我慢下来，将笔悬在空中。

和兄弟们保持速度上的一致

像是在亡灵的重量下，笔意有了必要的顿挫

——《笔意》

一个儿子，称呼他为"显考"，三个女婿，称呼他为"岳考"。四个男人，沐浴焚香，洗干净手掌，调整好心情，像是抄写"心经"那样，亲自握笔为他写封面。每个人都要写四十九封，意味着"七七"，这一传统的悼念时间。习俗本身已经不重要了，没人会在此时追问这些民间文化习俗是怎么来的，重要的是：我们都有一颗虔诚的心。写字的时候，不容手脚乱动，不容胡思乱想。任何不洁和污垢，都是对他的不尊重。甚至孩子们都很自觉远离我们，不来打扰这一近乎仪式的场面。

我写：今逢七七之期，具符一封奉上，故岳考严公讳明和老大人收用，农历五月十八日，全日化。

老人家一生平凡，就像峡谷里的任意一株竹子。从小就安静地生长在村里，长大后读到初中毕业，是村里的"文化人"。他后来做过烟草收购点的司称员、会计，履历平淡无奇。要给他写史立传，也不够悲壮动人。但正是因为如此，他在平凡中对孩子们的爱才更具体，更接地气，更有人间烟火味道。

他年过花甲，实在还算"年轻"，他的离去令他的三个姐姐妹妹和四个儿女都不愿意接受。不说期颐同登，也不说耄耋偕至，起码要活到古稀之年吧。在当下寿命普遍提升，老寿星遍地都是的状况下，他走得太早了。

那一次来重庆，实际上他就胸痛，手臂发麻了，但是，大家都以为是颈椎病。去大坪医院体检，结果也如大家所料：颈椎病。后来越来越疼痛了。我们再次请求他来重庆检查的时候，我发现他的胸部血管异常突出，异样令我感到不祥。令我无比感动的是：即使这样子，他也要在来重庆之前，专门回到村子里，忍着剧痛，到处去给我小女儿买土鸡蛋。当我们看到一个一个浑圆的、带着一些原生态污垢的、黄壳和绿壳混杂的、真正的土鸡蛋在篮子里闪着微光的时候，妻子忍不住泪水汪汪。

我们带他到西南医院，做了详细检查，胸片，CT，B超，肺部细查，等等，结论仍然为颈椎病，某一节增生，需要动手术。在手术之前，麻醉师提了个醒，要求再做一次CT。然后发现了特别隐蔽的、藏在胸骨内部的病灶。

根据他的愿望，逝世前几个月，我们把他送回村庄，轮流看护。他痛苦的时候，全身痉挛，异常难受。儿女们会不断地给他按摩、捶背，想减轻他的痛苦。其实我们知道这些都是徒劳的。重点在于大家的孝道能让他觉得心中有所安慰，部分减轻他内心的难过。

他走了，一生没有留下多少足可书写的事迹。但是毫无疑问，他是我们的英雄，是我们的菩萨，是我们的佛陀，是我们信念中的温暖，是我们信仰中的光源。

他是村子里老一辈中唯一会写符纸的人。我们都是他教的。我们给他写符纸、写封面，为他的灵魂配上最为文气的字符，让他拥有艺术和美，拥有苦难之上的超拔，去往他的世界。

这里是诸佛村，"佛"这个字会经常提及，经常写到。今天，兄弟，写了四十九个佛字，他错把"具符一封奉上"，写成了"具佛一封奉上"。我没有提醒他。他心里的佛是对的，并且，四十九个错误的"佛"，就是诸佛了。这多么契合我们眼前的高山，和高山脚下安详的新墓。那里是诸佛寺。老人家，就埋在诸佛俯瞰的眼光中。

整个上午我就在诸佛村里对折那些竹浆纸，决不允许刀子划伤，拒不允许墨迹污涂。我小心翼翼，内封是幽冥世界。我和那个世界，有着对称的空间。老人家已经逾越了，我还在一层纸外，做手工。将那张老脸，做熨帖，严丝合缝，看上去，我和他都靠着这张纸站着，一个在里面，一个在外面，也形成了对称——这要命的阴阳关系。

我写"故祖考"，爷爷就在二十年前死了，我写"故祖妣"，奶奶就在十年前死了，今天我写"故岳考"，我的岳父就在四十九天前死了，我是不会写"故岳妣"了，岳母就会一直活着，我是不会写"故显考""故显妣"了，父亲和母亲就会一直活着，世上再无死难，我也再没有那支写死人的笔。

今逢七七之期，屋檐水连续不断，溅起的水珠逼近门槛，我将八仙桌挪了又挪，符纸才不被打湿。清晨开始我就一直在看天气，到了中午我还在看天气，田埂上的小路已经起了些微泥泞。他走回来，可能要湿脚。他会走进阶檐，准确地进入符纸上，他的名字位置，就在考字下面，空间足够。今逢七七之期，恰好他的名字最后一个，是"和"，行书笔法，适合他掸掸脚上的稀泥。

全，就是同；日，就是天；全日，就是同一天；化，就是火化；全日化，就是在同一天火化。农历五月十八，就是全日，化，就是诸佛寺下那一场小火，全日化，就是父亲的一切归零，包括肉身和爱。像他最后的隐忍。全日化，就是灰烬。晚上，供奉完毕，我们从神龛上取下各自的符纸，来到空旷的院坝。

小雨停了，天气清朗了些。夜幕上隐约可见星光。十里平畴上，已经有了蛙鸣，不知是哪个隐蔽的角落里突然呱呱一声，像一个大合唱的领唱，清脆地穿越村寨上空，继而群蛙声起，渐渐形成交响，像是为一个亡灵送行和超度。

我们点燃符纸，一张引燃另一张，一沓引燃另一沓，逐渐形成几簇明亮的火堆。火焰四起，火苗奔突，火的悼词在焚化和永恒中诵读。黄金般的草纸纷纷变成另一种阴间的形态，墨迹和名讳在告别我们无比留恋的阳世。他老人家去向明晰，未来会在平行宇宙里等待我们。

惊心动魄的封面赫然写着那个心碎的名字

我的外公，也是他们村子——黄泥坡唯一会写符纸的人。

由于他是石匠，会雕工，常年在墓碑上刻字，所以他也粗通笔墨，会写对联，当然也会为村里每一户有需要的人家写符纸。

符纸一般是在红白会的时候才会用到。

终于，轮到他为自己写符纸了。那是他八十大寿那一年。

清早他就起来，用一个陶罐熬制浆糊。我以前看见他把这个陶罐当成砚台，把劣质的墨汁倒在里面，用来写大楷字的春联。今天，他用它来盛上糯米粉，倒上水，放在炭火边炙烤，几分钟后水就开了，他用竹片反复搅拌，直到成为浆液，就可以用来粘贴纸张了。

他从床内的隔板上取下一摞草纸，一小沓一小沓地分开，每一沓十二张。他说"月月红"，意思是每个月都有钱花，是一种阳间人对阴间人的"封赠"。然后，他给每一沓草纸都贴上封面，用糨糊细细地粘好，不允许有松动和翻卷，每一沓都细致入微。他说：一丁点马虎都是对他们的不敬。

我在很多场合听到过当下中青年们对这类仪式的讨论，

认为烦琐、迷信、虚假和可笑。其实我一直不那么认为。我相信：敬畏之心正是我们所缺失的。即便看上去像是"迷信"的这类事情，其实包含着一种文化传承，可以看作一种原始宗教性质的礼仪，更是缅怀，是爱的延续，是人类基本情感的外化。

那些哂笑的人，我只能说他们对古老的礼仪缺乏了解，且不说他们是否具有基本的敬畏之心了。

当外公将一沓一沓的草纸包好，开始蘸墨写封面的时候，我像小时候那样，站在他身边。他说：伦儿，你来写几张，记得不？

我其实真不记得怎么写了。我要先看他写，然后才能依样画葫芦。

我看到笔墨线条在他的手下流畅地画出来。他的字不是书法，是绘画，是线条的随心所欲和心灵的龙蛇之舞。甚至有时候他写出我根本不认识的字，只能臆断那张符纸是写给哪一个亡灵的。

终于，轮到他给自己的小女儿写符纸了。

最后一张。

是"李正蓉"的。

是他年龄最小的掌上明珠的。是他口里的"幺疙瘩"的。是他最为痛楚而又愧疚地写出来的。我看到他最后把墨蘸了又蘸，反复拨弄笔毛，手指发抖，字迹涩滞。他眼角泪光闪闪，定是在这一瞬间，想起了小女儿的诸多好处和诸多磨难来。

我对小姨的印象很好。每次我去她家，她都会给我做糖鸡蛋、阴米稀饭。每次我离开，她都会硬塞给我几元钱。每次我家收获的时候，她都会来帮忙。每次她给我说话的时候，都漾着疼爱的笑意。每次，母亲呵斥我、鞭笞我的时候，她都会来护短，把我藏在身后。

她是交换亲去张家的。

所谓"交换亲"，就是两家人达成姻亲的口头协议。小姨嫁给张家哥哥，张家妹妹嫁给李家弟弟。一场姻亲解决小姨和幺舅的婚事问题。然而，谁也没想到这看上去无比美好的交换亲竟然是一场悲剧。

小姨并不喜欢张家哥哥，但是为了幺舅能娶上媳妇，很快就嫁过去了。然而不久幺舅就不愿意娶张家妹妹，在外公的威逼利诱之下，仍死活不干。交换亲泡汤了，变成了小姨的白白牺牲，不情愿地嫁给了一个常年赌博的男人。终于有一天，在那个男人输掉买肥料的钱后，小姨选择了服农药自杀。

我不知道外公和我母亲有多难过。我不敢问，不敢在任何时候提及此事。直到外公今年以九十三岁高龄辞世，我才敢在这篇文章中写出来。我希望所有亲人都不要读到这篇文章，以免戳到痛处。大家都在试图掩盖，都在试图遗忘，都在试图把这场悲剧怪罪给那个物资匮乏、认识愚昧、信息闭塞和医术落后的时代。其实我知道谁都没有遗忘，包括我自己。一旦想起来就有锥心之痛。

外公何尝不是呢？

所以当他写到最后一张符纸的时候，他的异样神情和动作一点都没逃过我的眼睛。我也很难受，像是胸膛受了重锤，呼吸困难，心情压抑，写字的时候自然是难以下笔了。

但是他还是流着泪写完"李正蓉收"。他停笔，呆在那里良久。我也呆在那里，不敢再看他。当我缓过神来，看见他已经把所有符纸整齐地摆在了神龛上。我看见，外婆的名字在上面，小姨的名字在上面，她们的符纸依靠在一起，像一对苦命的母女依靠在一起。

　　裹上草纸，名字用毛笔写在黄裱纸上
　　宗族的一边，姻亲的一边
　　叠起来，供在神龛上

　　他最后写下的，是服毒自尽的小女儿
　　整天，他都在看着她
　　被供在高处

　　他最后的愿望，就是也被人写在符纸上

和小女儿一起，供在同一个台子上

让她的纸片，斜斜地，倚靠着他的纸片

——《符纸》

终于，他的这个愿望实现了。庚子年的冬天，除夕夜尚未到来。他去了。去了早逝的妻子和女儿那里。么舅给我打来电话，哭着说：伦儿，你回来写符纸吧。

我迟疑了一下，对么舅说：你还是请别的先生写吧。

写符纸，永远是我的村子里最重要的事情之一。那是为亡灵送去"面子"。我是至亲，也是"文化人"，当然应该写。然而我实在不敢去写。我害怕小姨的纸片，斜斜地，倚靠着外公的纸片。那是怎样的一种惊心动魄的悲剧之美？是怎样的一种风中飘扬的生命之轻？是怎样的一种残酷的面对和悲伤的复述？

不是"巫祝"，是"神性"

有人说，写符纸起源于"巫祝"。

巫祝，古代称事鬼神者为巫，祭主赞词者为祝；后连用以指掌占卜祭祀的人。

"巫祝者，皆乃上古时期高级知识分子，他们晓天文、懂地理、知人事，而且最重要的是能与鬼神相通，故有'神职官员'的地位。"

然而，随着时代的进步，社会生活中大面积的巫祝现象已经不复存在。只有一部分，像我老家的"木蜡庄傩戏"等祭祀活动，以非物质文化遗产的方式，保留和传承了下来。但是也局限于一个很小的区域。人们已经大多不愿意相信祭祀的作用，加之仪式本身的故作神秘，消解了它的一部分文化内涵。很多年轻人认为这是"神神道道"，他们更看重即时的物质享受，而对古老的精神遗产嗤之以鼻。

尽管村子里还保留有最好的文化人来做写符人的传统，但也岌岌可危，濒临消失，现代知识分子已经很少有去研究和传袭此道的了。

我想：当我成不了一个真正的乡村写符人，我配在生命终结后领取一个属于自己灵魂的封面吗？

所以我写诗，只有诗歌让我拥有自己的灵魂的封面。它不是古法造纸术的馈赠，也不是现代生产线印刷出的礼物，更不是各种娱乐化、类型化、浅表化的出版物的簇拥。它是孤独的，是叩击内心的，是拷问自我的，是利他的——生命的封面。

它不是巫祝的，但是神性的。

而我的写符人在哪里？

容器

这个小巧的陶罐，盛得下二两酒的陶罐，腆着小肚腹躺在火塘里，玉米酿造的烈酒在陶罐里一阵冷一阵热。升温时内部小小地沸腾，酒精和水的沸腾，温和而又内敛。

父亲来电，说拆了老屋复垦了。

　　刹那间，我的腿上像是少了一根腓骨，顿觉绵软无力。

　　曾经陪伴我十多年的那些老物件，小玩意，悉数销毁了。
父亲说。

　　辛丑年春天，我站在老屋的宅基地上。这里已经变成了
母亲的菜园子。她和父亲住在镇上，隔几天就会回到村子里
打理这片园子，然后把新鲜的蔬菜带回镇上。

　　菜园子里，灰雀在啄食和弹跳，它们的羽毛，在阳光之
上，能久久地浮动，任何一点风，都能将它们送到高处。

　　我仿佛站在旧日屋檐下，正在用多种语言和自己争吵，
突然，停了下来。我看到了那些轻：飘零、旋转、翻卷，甚
至飞翔，都是我无法临摹的艺术。我得更轻一些。比羽毛更
轻，比阳光更轻，比叹息更轻，比所有的唯美更轻。不思想、

不写诗、不愧疚、不嫉恨。连沉默都没有，更别说哭泣，这时候我是世界上最轻的了。

有一刻，在复垦的地基上，我向高处飘了上去，像被点着的天灯。

一

我问母亲，我的酒罐呢？母亲说她不知道，没印象。许是父亲偷偷藏着了。

那是祖父的酒罐，放在我家神龛上。

平常，这个陶罐木讷而又隐忍地待在高处，虽然有凌空的供奉感，但是灰尘扑扑，满身污垢，无人问津。像一个被冷遇的、边缘化的神。像我的处境，在文坛的边陲，在诗坛的僻远，在话语核心的外十环，在你们都很少看得见的地方，缄默着，写着，走在自我毁灭的道路上。

我和这个小酒罐的交往，是从孩提时开始的。祖父好酒，从小就培养我，我还是三岁孩童时，他就用筷子从陶罐里蘸酒给我哂吧。稍大一点，就直接用罐子喂我了。特别是冬天，他会把罐子放在炭火里炙烤，然后把冒着热气的罐子取出来，稍候冷却，就让我喝一口。一股热气带着挥发酒精的气息，直蹿我的喉咙，有时候不注意会被呛得咳嗽。

这个小巧的陶罐，盛得下二两酒的陶罐，腆着小肚腹躺在火塘里，玉米酿造的烈酒在陶罐里一阵冷一阵热。升温时内部小小地沸腾，酒精和水的沸腾，温和而又内敛。沉默的祖父，听不见丁点酒水的喧哗，他举起陶罐，山羊胡须上，慢慢积聚起蒸馏水的微粒，像是松针上，轻微悬垂的雾凇。他是用山泉水煮酒的饮者，一生清澈而又常常宿醉。

多年后，我也在这里，用词语煮酒，慢慢地呼吸小镇的醇香。

　　此中妙意，须得生死一品

　　那个放弃把柄，手执罐嘴

　　把全世界拉近的人，正是我啊

　　那样子，多像是对命运的冒犯

　　　　　　　　——《在小镇煮酒》

你一定没有见过这样一幕：在老屋里，一个花白胡须的老者，从陶罐里吸了一口酒，然后传递给我，我吸了一口，传递给幺祖父，幺祖父吸了一口，传递给父亲，父亲微微仰头，吸了一口，传递给三叔，三叔吸了一口，再传递给幺叔，待到幺叔手执陶罐的时候，酒水已经见底，他需要仰起脖子，将罐子里的酒一饮而尽，发出最后的呼呼声。

我们一家人在一个小循环里，就完成了一壶酒的交接仪式。而后继续温酒，继续交接。这个过程中，我居于第二位，在祖父的溺爱下，我的排位显然比我的父辈还高。这也是最有意思的一个细节了。

所以，祖父仙逝后，把酒罐子传给了我。

有一天，祖父精神甚好，一点也感觉不到他身患重病。他把我叫过去，从神龛上取下酒罐，郑重其事地对我说：闷龙，来，这个罐子归你了。

他一定是已经隐约感知到自己将不久于人世，便把自己的精神和物质财富积聚其中的酒罐交托给我。

像是交出了一生的衣钵。他面带微笑，难言的意味像是另一种没有内容的遗言。

然而，我多年后去了城市，没有将这个酒罐带走，而是留在老屋的神龛上。

日久天长，这个神龛逐渐危殆。这个酒罐的命运走到了尽头。

复垦，需要把老屋拆除，覆盖泥土，种上庄稼，然后一切旧时痕迹消失殆尽。然后，我的陶罐不知所终。

不知所终是最好的归宿。强过肉眼能睹的破碎。

二

我问母亲，我的搪瓷盅呢？母亲说：搪瓷全脱落了，我还刷了点漆的，也不知道哪里去了。

母亲对这个搪瓷盅的态度，像考古学家对待古玩。偏偏父亲喜欢用它泡劣质茶，令母亲很是无奈，常常在临睡前清理茶叶，然后用毛巾擦拭，那绕着盅口旋转一圈的手艺，熟练得像是一门文物复原术，茶垢尽去，白净的内容复又空荡出来。

静寂的冬夜，我感觉搪瓷盅一直在盛装夜色，满盈到溢出的状态。黑漆漆的室内，就只有它，一直在自己发亮，令我迷蒙中感到有不灭的光，闭着眼睛也能发现。后来我终于睡着了，我确信，我和搪瓷盅互相照见，持续了整整一夜。

父亲有许多搪瓷盅。

他曾在水电局工作，是临时工，其实就是下苦力的，他虽然参加了各种山坪塘的建造，但都是扛仪器的，准技术员都算不上。他干了三年，那三年里，我出生并成长，常常被母亲送到祖母那里照顾。我会在每天清晨，母亲上山干活的时候去追她，她会不时从一个旮旯里出来，用细细的竹条打我的腿："叫你撵路，你这挨千刀的。"那时候多么希望父亲在家，他去干活，挣工分，而母亲多在家陪陪我。我的幼儿时期很孤独，这几乎造成我一生的内向。然而父亲一般几个月才回来一次，在农活最忙、最需要劳力的时候回来。有时候农忙季节也不回来，可能工地上正紧张。

他每次回来，都会带一个搪瓷盅。上面写着"某某水库竣工纪念"的字样，呈圆弧形排列的红漆文字，罩着一个红漆五角星。那是村里荣耀的美。在我心里，比现在购回一个大型家电的感觉强多了。我会从父亲手里接过来，放在方桌上，久久地凝视，长长地抚摸，像一个幼儿抚摸着一个婴儿，爱得心无旁骛。但它终究是父亲和母亲的。父亲一回家，母亲就赶紧用新的搪瓷盅给父亲泡茶。茶叶是从我们家后面茶山上采撷的老茶叶。

连黄牯牛都不碰的绿叶，我可以放在嘴里咀嚼很久，苦是好味道。命好的那些嫩叶，会进入茶厂，打成碎末，被机械的唇齿，含成细腻的泥。母亲每年都把清明茶卖到山下，而把老茶叶，晾晒在院坝里，晚上，在铁锅里翻炒。至今我还保留着冲泡老茶叶的习惯，更苦涩，而又更醇厚，一片片在水里舒展开后，清晰的脉络微微浮沉，明亮的锯齿也轻轻挣扎，像极了我迄今为止的前半生。

父亲使用新带回的搪瓷盅，而旧搪瓷盅就归我了。

我看着父亲喝茶，一脸的满足，就觉得搪瓷盅真是人间最好的礼物了。

我也会把旧的搪瓷盅取出来，不洗，任由茶垢浸染，积淀上厚厚一层，像是多了岁月的保护膜，从而把搪瓷细微脱落的那些部分遮住。我会用它来泡茶屑，那些茶包里最后的剩茶，就归我。那些微粒，被水冲开，轻轻舒张，像一些黑点在开水中浮沉。我偶尔会喝一点，多数时候是学着父亲的样子玩搪瓷盅。

我崇拜父亲，他是搪瓷盅的拥有者，也就是美的拥有者，是整个寨子的光源。

如是天气好，母亲恰好有空，父亲恰好有两天假日，那么，搪瓷盅里冲泡的就会是自然枯萎的茶叶。在成为香茗的过程中，我们最看重茶叶的自然枯萎。来自底部的清风不断轻轻吹拂，它们有着小幅度的卷曲，像是小姑娘酣睡时的抿嘴。慢慢地风干，其实是锁香、含苦，内蕴淳厚，把人情味，最大可能地挽留在薄薄的叶片上。数十个母亲，才能完成对这些绿叶的掐尖，数十个晾槽，才能对全体枯萎负责。

母亲就是这数十个母亲之一，会在傍晚带回来一些好茶叶。待到父亲回家，就取出来慢慢冲泡，让它们在新的搪瓷盅里慢慢说出香醇的语言，去软化父亲，净化父亲。

然而，时间一天天过去，搪瓷盅一天天变旧。要是不小心被我碰落到地上，落了搪瓷的它们就会快速衰老，实在不能泡茶喝了，就会被我静置起来。到了极寒天气，它们会被我重新利用。

我会把搪瓷盅捆上铁丝，做好手柄，对着空气旋转、舞动几下，觉得牢实了，就可以当火炉了。我把火塘里的炭火取出来，慢慢地培植火源，把干柴掰成一段一段，放在里面，引燃之后，青烟轻轻缭绕，但是也可能熄灭。我会把这个火炉抡起来，三百六十度迅速转动不息，直到虎虎生风，一簇火苗噗的一声破空而起。然后渐渐慢下来，让这火的中心不至于被太快的速度弄散。我像一个真正的掌控者，在搪瓷盅里升起心灵之火，御寒的目的不明确，玩乐才是最重要的。

当然，把这个搪瓷盅使用到极致，让它拥有生命高光，才是最终的意图。

父亲因为搪瓷盅的获得而焕发着光芒的青壮年时代，我是沉默而又神往的。我想获得一个，新的搪瓷盅。

机会终于来了，记不得是哪一年，村里开始修建山坪塘了，父亲也回到老家，参与了建造。

我向父亲央求：我想要一个搪瓷盅。

你的意思是要去修塘？父亲诧异地问。

是，修好塘，给我也发一个带五角星的盅。

你能干什么？你什么都不能干。

不，我能锤碎石。

父亲同意我锤碎石了。他在村里有着崇高的威望，怎么分工自是他的事情。我像一个走后门的童工，混在队伍里，成天举着一个小榔头东敲敲，西拍拍。我能打碎的石头太少了，但是鉴于父亲的地位，村里的亲人们都不会把我剔除，而是让我在里面磨洋工。但是我知道，看上去我没有多少成绩，吃的苦倒是不少。比如手掌起泡，眼里进沙，指甲淤血，手臂酸疼等，是少不了的。

我终于如愿了。山坪塘修好后，我得到一个和大人的一样的搪瓷盅。我捧回家，让母亲给我煮阴米稀饭吃。

阴米就是用甑子蒸熟，然后自然阴干的糯米。阴米稀饭煮熟后，白净透亮，倒在搪瓷盅里，显得更加光芒熠熠。那感觉，妙不可言，余味无穷。

三

我问母亲，我的扣碗呢？母亲说送人了，送人都没人愿意接，现在谁还用那个土碗啊？

然而，土碗在我的幼年，简直就是乡间的灵物。

土碗反扣，磕在另一个土碗的边缘，发出的脆响，最是迷人。而愿意静下来，倾听这声音的孩子，必然是敏感的孩子。我能听见粗糙和粗糙吻合时的叫声，也能听见穷困和穷困叩击时的低吟。当土碗顶住土碗，两个容器弥合的那一刻，我忍不住，惊喜地共鸣。白生生的三线肉，慵懒地散开，空置下来的土碗露出圆弧形的刻度。托举这些碗的母亲，在神往的目光中穿梭，像是精湛的杂技在上演。所有土碗都仿佛镀着薄金，所有穿着釉的人，都有粗陶的本命。流水席上，数百个扣碗，粗鄙的合奏啊，都那么谦逊！

随着物质生活的逐渐改善，我家的物什逐渐多了起来。其中，最撼动我的心的是这些用来蒸煮烧白的土碗。

小时候，我家经常向邻居家借东西。

盐完了，去上寨借，有时候一勺子，有时候一罐子，不用称，也不用量；米筛坏了，去上寨借，有时候是粗筛子，有时候是细筛子，不用拍，也不用洗。我们的寨子不用借据，不用赔偿，要是不小心还不起了，就去帮几天杂工。最大的人情是借牛，有时候是黑水牛，有时候是黄牯牛，不用上枷担，不用系笼头，要是牛太累就喂黄菜叶加红薯藤。

这些事我都做过。我都不怕。那时候根本不懂面子和自尊，也不懂得这就是现实的窘况，而是以为借东西是天经地义，也是守望相助。欠的人情，会用别的形式偿还。哪家小孩尚幼，我就上山砍几捆柴火，有意无意地立在他家厢房；哪家的引水竹子坏了，我就去自家竹林砍一根，划破，去帮他家修好；哪家的禾苗靠近山林，放牛时我就多加注意，不让任何一家的牛羊靠近，以免毁坏庄稼。

那时候，我在寨子里得到了很多大人的赞赏，我活在他们的微笑之中。现在想起来，我一生没有攻击性、侵略性，没有与任何人打架斗殴，甚至日常生活中极少与人争辩，也不在网络虚拟社会与人争个强弱，怕是和从小就被善良包围不无关系。

然而，我最怕的是去借土碗。

因为整个寨子，一到过年，家家户户都会做烧白，而土碗为一家邻居独有。他家家境稍好些，而且向来非常注重生活质量。所以，借土碗，也要排队。每一家借去，至少一天，才能完成整个蒸煮的程序。有一年，我从小年夜开始去询问，竟然等到除夕下午都未能借到。直到晚上，大家都蒸煮好了这些过年荤菜，我家才借到土碗。母亲虽然不沮丧，但是我心里很不是滋味。母亲见我情绪低落，转头对父亲说：开年了我们把母猪新下的猪崽卖了，去买一锅土碗。

于是，第二年开始，我家就从借债人变成了债主。而且，我家为了送我和哥哥读书，卖掉自家耕牛后，一到农耕时节，总有还人情的人家主动来说：牵我家的牛去犁田吧！

家乡民风淳朴如此，想来每每让我感动。离开家乡数十年后，我再也没有遇见过此等富有人情味的事情了。当然，这也是因为物质条件改善，借厨具的情况基本消失。

然而，温情脉脉的"借"，在现今，变成了冷冰冰的"贷"。而且不讲信用的人越来越多，不信任感越来越强。借与还之间成了生意，并常常对簿公堂，面子和尊严不再，只剩下赤裸裸的利益纠缠。

四十多年了，我梦中惊回，总觉得，欠的太多了，不敢还乡，我该怎么将债务还进那些新坟旧墓，这是大问题。而最大的问题是，我能不能和他们再做邻居？能不能在深山老林或旷野草甸上，默默掩埋于他们的旁边？

四

我问母亲，我们家的醪糟罐子呢？母亲说，拆房子的时候被落下来的檩子打坏了。

我诗歌中的那个罐子，住在阴暗的角落，避光，避热，避盗窃。我就是那个悄无声息地揭开罐子的人，我是家里盗走糖分的惯犯。任何甜蜜的事物，都是我的目标。母亲为防我，在铁锅上烙熟一片菜叶，重新将醪糟罐子密封，面对这柔软而又易破的封皮，我惆怅许久，终未敢下手。开春之后，醪糟变成了米酒，越来越醉人，于是，任何醇厚的事物都成为我的目标，总有舀起啜饮的欲望。最后见底了，我在陶罐里刮了又刮，看见几粒米化成了浆汁。

> 穷匮的年月，一坛醪糟深藏酵母
>
> 微生物那样安静，拯救者那样慈悲
>
> ——《醪糟罐子》

这是我生命中最早的化学——母亲的秘制。我定是被一个近乎真理的方程式迷惑过，我还确乎知道——母亲和我，处在等号的两端。无论老迈还是年轻，时间总能令我们守恒。我那么迷恋醪糟的醇香和"抿嘴甜"，像是一个在乡野干净的空气中，随意飘荡的分子，被一个陶器久久地吸附着，瘦弱，微羔，需要被拯救。

那种酿造醪糟的古法，我已然不会了。

多年后，我只能在超市里买一些劣质的醪糟，尽管包装

华丽，广告词诱人，也没法让我的味蕾振奋。那种母亲酿的醪糟的顶级精神体验，也只有回到三百里外的老家，才能再次尝到。只是，母亲越来越老，越来越疏于酿造醪糟。特别是老屋拆掉后，再也没有那么多宽敞而又阴暗的角落用来储存醪糟，再也没有那个偷吃的惯犯揭开封皮，再也没有醉人心脾的醇香在寨子里四处飘荡了。

我这人有着不可救药的落伍和怀旧。

我对高度发达的工业文明怀有戒心和抵触。我会落后于他人至少二十年。许多先进工艺制造的饮食我都叫不出名字，也很少买，更不会二次烹饪。我像一个有微醉感的米虫，蛰伏于最为原生的洁白字迹之中，写我的诗，出我的神，酿造我的精神醪糟，出离于时代，也应该被新人类瞧不起，被新文明所淘汰。

然而，一罐醪糟黏液是有故事的，是有节奏感的，是有米酒和语言的双重秘制之法的。

那是诸佛村的冬天。炭火微微，寨子里的年轻人窝在家里剥桐子。

我猝不及防遭遇的意外，令我一生沉溺。

她从木屋里出来，大冬天的，赤足招呼我们。她的圆脸，在用笑肌说话，她的笑点，一直呈活跃状态，她笑起来，有点湖水拍岸的感觉，还有点蝴蝶惊动细花枝的感觉，更有着让我的自尊不断闪失的感觉。她的赤足是村庄的审美，是涌泉穴的安检。村子里的女孩活出健康的感觉，活出迷人的能量。她的手里，还拿着一把撬刀，看得出，正在干活。弯弯的，长度刚刚一寸，细柄而又短促的钢刀，在我面前闪动洁净的光。

她的母亲做好了醪糟。她端给了我。不输于我的母亲的气息，传到我的鼻孔和内心。

此刻我感觉，要在荡漾的诗歌的酒里挤出醪糟，是一件多么美好的事情；要在瘦削的身躯里挤出热泪，是多么隐秘的古法。任何嘴唇，都满足不了我这小小的胃，当然，心灵比胃液更懂得美味，懂得一碗醪糟里热气腾腾的幻想的温度。

发酵的院子里，富含青春的原浆，我们可以看到情窦，在滚烫的水蒸气上朦胧地展开，在细瓷碗里散布，开水、糖分和酒意迅速融合，和我的诗情迅速交汇。滑腻的感觉，有点像是我触碰她的手指，每一粒米在水中幻化，都是白银一般的矿藏，入口，温热而又直通肺腑。

这被火焰和味道占据的一天，我被解冻了。

这些秘酿的艺术和她，都是现代技艺不能创造的，甚至也不是造物主所能创造的。只有村庄，才能自给自足，自己传递时间，自己养活自己。我像一个乞讨者，羞于面见汉语和美女，更像扭住闪电不放的一声春雷，抑或抓住一根稻草的甲壳虫，静静地埋首于醪糟之中。

那之后的数年，我们有了更多的罐子。

醪糟罐子、泡菜罐子、海椒酱罐子。

她说："买陶罐需要用点燃的纸张，试试是否漏气。"不漏气就意味着不漏水，能实现真正的密封。制作这些人间美味，相当于给我这样的男人举行延年益寿的仪式。多吃多占，是她对我的要求，而我总是吃得太多，占得太少。瘦骨嶙峋的样子，连挤不出奶的老母牛都同情我。泡菜罐子里，颜色搭配是最鲜润的。火红的辣椒、白萝卜、青花椒，或许还有一半绿一半白的菜头。她家的泡菜水，总是清澈的，看得清底部的八角茴香。罐子上面的铁钉上，挂着两片竹块，用麻线缠好手柄，专门用来夹最底层的蒜头。

我做的泡菜罐子，取了她家的"母水"，一连几次，都会变色变浑，她说出了窍门：要有一个不能沾油的竹夹子。那是用她家的荆竹做的。

村庄里的每一样生命，都有恰如其分的用处。她们和我们，每天都过一个节日，每天都有恰当的幸福。我打发自己的人生，有两种态度：小诗、醪糟和辣椒。

尖锐而奇辣的不是川渝妹子，而是那小指头大小的朝天椒。它们红了，我就在菜园子里虫子一般蠕动。摘下来，在河沟里洗干净，再用山泉水冲洗两遍，放在木盆里，和上大蒜、花椒、沙姜和盐巴，插刀翻飞，一个上午就把一盆朝天椒插成渣了。小半留下来，放在罐子里成为渣海椒，多半倒进打米机里，变成红酱。

我罐子里的红酱，总要在顶部发霉，多少盐巴都止不住细菌的脚步。她说诀窍在罐口，要用蘸水的塑料膜蒙上。

然而，醪糟的做法是最精细的。我至今不会。她也不甚精通。只是，我们在村寨里做醪糟的过程是一生的秘法和毕生的回味。

我们需要将白米蒸熟，放在竹筛子上去除水分，然后和上曲药，放在铁锅里慢慢发酵两三天。这个过程漫长，需要许多个鬼故事的添加，将整个工序弄出叙事情节来。发酵好的醪糟微微散发出清香，略有酒味，被做成"嫩糟"。我们取一点尝尝，比白米饭略好吃。醪糟真正出味，还得冷却后，放进我的醪糟罐子，慢慢地天然地完成自我酿造。数天后，我们轻轻地揭开一点点封皮，会有酒香传出。那气息，是老实人的气息，还不够轻灵和迷离，比我母亲的手艺差了一些。但是它们来自一个老实的美女，我这一辈子，还是赚大了。

五

我问母亲，我小时候的筬箕、背篓、笆篓、笋筐呢？都烧了，母亲说。

我的村庄，是寂静的，寂静得我感觉不到自己的长大。

寂静得，连我的孤独，都有了落地的声音。

我会蜷缩着，静坐在笋筐里，一个上午不说一句话，也几乎没有想象。我没有想象的能力。我要做的，只是填补一个箩筐的空虚。它们漫长的一生，绝大多数是闲置的，并排的时候，一个箩筐看见另一个箩筐，是不满的；叠放的时候，一个箩筐发现另一个箩筐的残破，已然失去上限；倒扣的时候，作为一个多年饥饿的孩子，我挤占了它的一部分空间。另一个箩筐悬空在木壁上，成为一个游戏，毫无意义的补充。

> 　　这时候，安静是村庄的独子
> 　　箩筐和箩筐，是村庄的孪生
>
> 　　　　　　　　　——《两个箩筐的处置方式》

　　而背篓的命运也好不到哪里去。我最喜欢的不是好篾条编织的大背篓、小背篓和高架背篓，而是稀高栏背篓。

　　我小时候干得最多的农活，是割牛草和打猪草。那些大乱草、小乱草、响铃草、芭茅草、丝茅草、艾草、鹅厌草，都需要用稀高栏背篓来装。它容积是最大的，适合装更多轻盈的草。它最轻，用黄篾条的细片织成，背着翻山越岭找草，很是轻松。

　　但是，它的缺点是毁坏得快。它是最劣质的篾条做成的简易背篓，不经用，加上我每天都会割草，使用率高，超负荷，它们很快就坏了。父亲就会织一个新的让我背着。我喜欢这些背篓，不甚费力就能背着飞一般行走，我稚嫩的肩膀，只能承受这种背篓。要是换成致密的好背篓，我的肩膀很快会被勒出血印。

还有一种竹器，我也很喜欢，把它悬在腰间，撒豆子，挖山葡萄，捡穄子米，很是方便。

在我的心中，它们是小女孩们的标配。当然，我也很适合。

村子里的小女孩们都很勤劳，也很美，很诗歌。我劝她们，别相信天水，请相信淤泥，别相信闪电，请相信小灯泡；一株稻子套不住青蛙的一条断腿，关于救命的传说，别相信；一片浮萍太过于迷恋水平面，关于它，没有根须的谬误，也别相信；更别相信寨子，它会用身体上的节气来骗你。立秋的夜色中，腰悬笆篓出门的少女呀，请你，千万别相信命运，暴雨再急，也不能扑倒你的腰身。

小时候，那些身挂笆篓，在山坡上或者田地里劳作的女孩，是我最愿意凝视的远景。她们沉溺在各自的活路中，像是水墨画里的人。我会模仿她们，腰上的笆篓里总会装一点什么，在田畴间晃荡。有时候，我根本什么都不做，只是玩。玩得怡然自乐，无人明白我的想法。

而箢箕，大多是用来装垃圾、泥土和雪的。

光滑的油茶木用火烤黄，变软，呈弯弓形，编织上篾条，做成箢箕，可以用来清理院内的枯草。当我新做好一个箢箕，内心的窃喜，尚不足为外人道。只有某个春节的清晨，起床，看见满满的一箥箕积雪，才会哇呀一声，将惊喜喊出来。

这时候有一个少年，提着箥箕，一个旋转，将雪撒出去，然后一个趔趄，睡在温软的白色大地上。

当然，也可任由箥箕里面的雪，一点一点化成水，从箥条的缝隙里漏下去。那是老年的我：局促，畏寒。面对故园，没有余力再来一次抡起。

六

我问母亲，我的黄桶和柜子呢？母亲说，送给叔叔家了。

而我的耳蜗里，还回响着那些木头内部的声音。

我们家的黄桶和柜子，总是装不满，我也总是在和哥哥捉迷藏的时候，藏到里面去。当我藏进黄桶，坐在软绵绵的谷粒中，有一种惬意、舒适和满足难以言喻。抬头看屋顶，瓦片很近，一片一片向着高天层递，而那一片亮瓦，像一个泄露天机的神灵，将光芒传递给我，让我在暗淡的屋顶能够看见楼板。在黄桶里藏久了，我还能看见自己。自己是什么模样的呢？我看见了，但是无法说出来。

当我藏进柜子，就完全不一样了。那里面是一片黑暗。柜子和黄桶不一样，黄桶是敞口的，柜子是密闭的。我藏进这逼仄的容器里，不能转身，不能翻面，不能看见自己。但是我看见了黑暗中的虫洞，在这极为有限的空间里，显示出极为浩大甚至无垠来，让我想着想着就想睡觉。就在这时候，哥哥进来，揭开柜子，呵斥道：

"你不想活了？以后不许藏进柜子里。"

那时候完全不知道，那种关于虫洞的无垠，就是窒息的感觉，是缺氧的感觉。

可是，以后数次，我还是会藏进柜子里，丝毫不觉得自己要死。而哥哥也是每次适时出现，拯救我。现在想来，他比我大四岁，一定是敏锐地觉察了我的行动，而一次次地把我从浩大无边的境界中拉扯出去。

多年后，我听见了更多的木头内部的声音。不过，拯救我的不是哥哥，而是她。

以下是我和木匠的对话录：

　　你卧室多宽？不知道。

　　你客厅多宽？不知道。

　　你书房多宽？不知道。

　　你厨房多宽？不知道。

　　你会谈恋爱吗？哈哈哈。

　　你这小子，什么都不知道。

矮组合怎么打？高组合怎么打？书柜怎么打？碗柜怎么打？我没有房子，那一栋木楼不是我的。总是要打的，你把现在住的地方量一遍。记得给我们买酒买精肉，对打嫁妆的木匠要好点。嗯嗯，讨个吉利的"封赠"，就一句话——亮堂堂的。

是的，我的容器，将是亮堂堂的。

用上最好的木头，柏木，制成组合家具、梳妆柜和书柜。实在不够就用红椿，制成圆凳和小方凳。这都是好木头，都是村庄里的骨骼，都是具有高度和密度的生命迹象。它们活了十年，二十年，超过五十年的，决不允许砍伐，那是风水树，是长成精神图腾的永久的生命。

我和她，坐在门槛上，看着树皮被呼呼地剥开，小斧头利索得像是来自生产线，而比生产线富有人情味。凸起的节疤、腐烂的虫眼，被纷纷削去，庭院里弥漫着奇异的香气。如同她的体息，柏木暗含菘萜，是空气中的维生素，它们柔嫩的叶子，能帮人们止血。

我们把去掉的树皮和木块，用扫帚集中起来，用作柴火，厨房里也不时传来沁人心脾的香气。它们要是走进城市，是没人知道它们内部的心脏跳动的，钢铁和化学物质会淹没它们的一切。

一块块木头，呈现在村庄的阳光下，长的短的方的圆的，代表着不同的灵魂，我们沿袭的不是感官，而是心理上的虔敬和满足。如同一个人的颅骨、脊椎和四肢骨架，这些木头，从一个生命，延续到另一个生命。

我们做成的容器中，梳妆柜最为精巧。作为摆放在卧室里的、象征美丽的容器，它一开始就被当作小心脏来慢慢打磨。它会在斗室里，见证一个容颜，从青春到衰老，从略施粉黛到再也不需要化妆。最重要的是，它会在这里最先听到一声婴儿的啼哭。最大的一块柏木，取两片，合在一起，做成桌面，有两相依的意思。

书柜是容器中的当局者和小肾脏。它们身上，呈现出木工的平衡术，也显出他们明亮的关照和远处的祝福。我的那些诗句和自尊，经由这种容器实现流通。我和她的孩子，将在这里发现火花。书柜和梳妆柜不同，化巧劲为暗力，分成两部分——敞开和关闭。它立在那里，既敦实又轻盈。我一辈子的诗歌，它都能容纳，这个柜子，忒大了。

而矮组合是容器中怡声下气的内敛者。我和她，经由它，构成的角度，是垂直和依傍；构成的高度，是跪拜的下半生。我们戴上的面谱，是相互借用的方和圆。我和它，一辈子都待在墙角，被压，被拍，被掏空而无言。

这些木头内部的声音，很幽微。它们在酒精的询问里，解说轻音乐的形成过程。我们，互相神魂颠倒，斧头、凿子、刨子、钻孔刀，在我们体内行走，发出踢踢踏踏的声音，一会儿在任脉，一会儿在督脉。就像我，看懂了她的面庞和村庄的神色，而木头听懂了铁器的欲望。我在夜晚膜拜的时候，那音乐超出了历史水位。我躺在木头的旁边，变成一个扩音器，从一个专属通道出去，那里是她的耳蜗。我们都听懂了木头沉缓的声调，我们翻译了木头那覆盖村庄的声音。

小小的容器们突然就消失了，像是一场科幻片的场景。我还在念叨着"回村辞"。

你是罐，我就是盅
你是柜，我就是桶

你是筅箕，我就是背篓
你是笆篓，我就是箩筐

你是人间的秘酿，我就是唇齿的谢谢
你是旧世的容器，我就是前生的水滴

你是耄，我就是耋
你是平静的颐养，我就是你挥霍的天年

你是死，我就是寂
你是温暖的亡灵，我就是簇拥你的光阴

你是大地，我是天下

你是不灭的厚爱，我就是长明的天灯

你是大风，我就是细碎的荞花不停磕头
你是小火，我就是枯草满山满岭

故乡，我正在走向微弱的你
而不是走向环球

我正在走向你的孤独终老
而不是走向你的劫后余生

我来了，像茅草，缠紧了你的羊角
像水银，围绕着你的陵寝

我那么干涩，又那么灵润
沿着一滴露水的滑痕，回村

推送者

当我来到中山四路的城市阳台，站在曾家岩悬崖凸出的那部分平台上，站在一种看似很安全的危殆里，我感觉到自己的前胸和后背都在受到推送。我和露台，都是被悬崖推送出去的。

醉与悦

日常生活中有一种"醉"的感觉，令我沉迷其中，常常忘乎所以，把全世界当成一小块土地，一小段时间，一小片花朵，一个小细节，一处小安逸，一阵小悲伤，一帧小过往，一帘小未来……这种"醉"，有点像是罗兰·巴特说的"悦的文"，这种"醉"似乎建立了我作为一个渺小的诗歌细胞通向"幸福的巴别"的路径，我数十年如一日深度介入生活之中，我没有大的理想和野心，我最大的算得上是追求的无非是把下一首诗歌写好。

我的陷入感，决定了我对幽邃事物的深入，迷宫般层层剥开，连环套般环环解开，让我忘记了宇宙可能是无垠的，人在广阔的星球上，是有另一番作为的。不独物理性的镂刻，掘进，叩击，穿刺这类日常的机械力和笨拙技艺才是我的，而且通灵感的神往，触摸，交集，融合，超拔，这类神性的内心的能量也是我的，但往往忽略了后者。我和神性之间的互相知己和双向选择，是一个历时性的过程，我知道自己的艰苦是怎样的。

因为我太内向，太自卑，太被动。我是在被天然的无形的外力推着走，而不是自己迈开脚步，朝着一个目的走去的。

20世纪90年代，我所在的村小由于太过闭塞，我懵懂中完全不知道这块土地上到底发生了什么。但我不惧饥寒，似乎飘荡在一种轻盈而又迷狂的"醉"——乃至于"悦"——的精神幻境之中。这种异类的日常性其实已经逸出了一部分精神性了，只是我更多的时候是在薅秧、打谷、掰玉米等劳作间隙的游离思绪中存在，我还以为它是胡思乱想，是没有根据的没有道理的没有作用的，甚至是一种回归正常人的阻力，我需要从里面自我释放。

我的被动于是越来越被动了。我以为在一粒米里活着，就是上天的恩赐了。我不思进取，不思考调动工作，到更好的学校去任教；不提升学历，一个中等师范的毕业证用了很多年；不攫取财富，连一个小卖部都极不情愿开，甚至连贵州青冈树上无端掉下的糍粑，飞过大乌江，砸到我的地盘上，我都懒得弯腰去捡拾。

我更在乎尊严。

我曾为了女儿能读到中心学校，而有求于某校长，这是我唯一主动做的事情了。我原本就知道自己的主动是没有结果的，但还是羞怯地提出了工作方面的请求，结果自然是不置可否。回来后我羞愧了很久，一度觉得把自己的灵魂出卖了。我的排解是，为了自己的骨血做点事情，难为一下自己，是应该的。当然最终的排解是，没有任何结果反而是最好的结果，要是有了结果，我会在结果的水垢里疼痛很久。

　　我不能做这样有损尊严的事情。

　　于是我不再去寻找改变物质的机会，而是专注于诗歌的滋养和抚慰。诸佛江边是"诸佛盘歌"流行的地方，是民间歌谣的富矿，山歌俚曲野性而意味无穷。我试图从这些生活语言中汲取什么，于是我写了一些"谣体"诗歌，我那时候根本不知道，这种尝试正在受到所谓"先锋写作"和"后现代主义"的鄙视和嘲笑。

　　我还清晰地记得我和当地民间歌手一起参加县里的"原生态歌手大赛"的场景，我是去学习他们的声音表达的。"哥师傅来老先生，这首盘歌你来分……"那种跌宕而又高亢的旋律，令我耳目一新，从摇滚、民谣和伤感情歌的流行里出来，从意甲联赛和中国甲A联赛的电视喧嚣声里出来，从世界杯的热血音调里出来，我突然落入"原生"和"土气"的音乐之中，并隐约找到了它们和我的诗歌的联系。我为这近乎跨领域的结构，这横向的共时性而欣喜不已。我觉得自己又把语言的某一部分拯救了。

我是这样写的：

> 你这村庄的乳名已被音乐收藏
>
> 最高的音阶叫火苗
>
> 最痛的爱情痛故乡
>
> ——《音乐》

我本是一位不懂音乐的人，各方面都很笨，对世事人情的"音乐"一窍不通，对音乐本身更是不懂，我的乐感不强，识谱能力几乎为零。但是我愿意相信，诗歌的节奏感和音乐性是必然存在的，是必不可少的，诗歌是活在自己语言造就的声音里的。

我觉得诗歌的外部和内部都有一种美妙的声音。那种声音绝不仅仅是表面的、可以铿锵抑或舒缓地读出来的，还有近乎"沉默"的那一部分声音，有老聃《道德经》里所说的"大音希声"的"大音"，也有罗兰·巴特论及的所谓"大音写作"："其标的不在于信息的明晰，情感的戏剧效果；其以醉的眼光所寻索者，乃为令人怦然心动的偶然物事，雪肌玉肤的语言，某类文，自此文处，我们可听见嗓子的纹理，辅音的水亮，元音的妖媚，整个儿是幽趣荡漾之肉体的立体声：身体之交合，整体语言之交合，而非意义之交接，群体语言之交接。"

我的第一本诗集《郁水谣》里的诗歌皆采集自民间歌谣，并试图赋予其新的意义和语言方式。我想在民谣的自给自足系统之内，介入属于现代诗歌的一部分语言修辞，做适当的变通和再造。

很明显，我失败了。

但是，无论是"醉的心"还是"悦的文"，都让我流连其中，这让我足以对抗那十年的鸡零狗碎、一文不名和底层困窘。

前胸与后背

性格因素的被动和身体因素的被动，往往是合二为一的。这是整体性的被动。

被动得耽误了我生命中的灰色调涂鸦。我作为"存在"是完整的，然而作为"人"是残缺的。我是被"成功学"抛弃的可怜儿。

我很瘦，尤其是近年来胃不好，更瘦。前段时间，有媒体让我拍朗读诗歌的视频，我拍了，但是又删除了，我实在不忍心目睹自己瘦到变形，一张薄纸的样子。男人爱上自己的外形，并在意它，是不可救药的。即便我长得歪瓜裂枣，我也要阻止自己进一步歪瓜裂枣，并坚决不能让歪瓜裂枣影响更多人的心情。于是我说"容我长胖一点再拍吧"。

是的，人生苦短，长得性感。

像我这样的身体，前胸和后背几乎贴在一起了，我尤其知道这种前和后的象征，是一个独立人格的两面，是人的基本界限所在。

当我为自然的神性所感动，匍匐在大巴山神田草原，我庸常的琐碎思想，被这浩大而又纯净的某种看不见的神性所深深吸引，我拜服，臣服，认罪，忏悔，为莫名的悲伤哭泣。站在"渝陕界梁"，我觉得应该这样写诗：

> 北坡的草绿了，南坡的草还有一些旧颜色
> 枯白覆盖在嫩绿上，远远看去
> 青草还在谦让着枯草，生者还在为死者留出面积
>
> 我不知道，收尽高山草原枯色，会让积雪多么疲倦
> 我也不知道，由南向北，返青的过程
> 我是否有耐心，用近乎失明的眼睛，去看见
>
> 嗯，我只想站在梁上，前胸恍若北坡
> 后背恍若南坡。重庆和陕西临界的山梁
> 恍若就在我的喉结处——

恍如我对你的爱，一个咕噜，两个省都会抖动

——《渝陕界梁》

　　我的身体在这里挣脱了血肉的樊笼，复得返自然，前胸成为北坡，后背成为南坡。头顶的苍穹是一座宽大的教堂，身下的草原是一片辽阔的经卷。苦寒即是教堂，遍地都是，草芥即是教诲，遍地都是。我不洁的身体，能够受到如此洗涤，成为大雪教出来的差生，实在是无比幸运。由此，我可以虔诚而又笃定地认为：自己的一个咕噜，都是爱的抖动，两个省都会跟着抖动。

　　我也知道自己的"爱"是什么，不是狭义的，而是超然意义上的。一种没有具象的，毫无肉欲的，甚至不是卑贱之人的本身的，那种爱。近似于对信仰的爱，对信念的爱，对无我之境的爱，对所有存在的爱。我爱，故我有悲。

　　我与人间的龃龉，终于在这里得以消隐了。也许，在自我净化的过程中，在前胸和后背的佝偻变形中，我反而获得了某种完善。

　　其实我并没有主动要求上天垂怜，而把自己推向精神性的高度。我是被动地，受到了一些导引，我似乎比以前更干净了些。当自己的灵魂里的杂质太多，便会有神性来尝试警告我，拉我一把。幸运的是，我从泥淖里艰难地挪动，朝着雪线行进了一步。我看到自己的疲倦，但是我作为半枯的诗

歌之草，愿意为全枯的生命之草留出面积。这留出的面积是很空阔的，我自己并未意识到它的延伸，已经足够埋葬傲骨、舍利和神灵的陨铁。

从高远之地返回红尘俗世，我的前胸和后背的承重力，受到了更大的考验。

我愿意这样，一直被动下去。

当我来到中山四路的城市阳台，站在曾家岩悬崖凸出的那部分平台上，站在一种看似很安全的危殆里，我感觉到自己的前胸和后背都在受到推送。我和露台，都是被悬崖推送出去的，风从身下不疾不徐地吹来，也在像推送白云那样推送我。下面是轨道交通曾家岩站，鸣笛声从低处来，像推送隧道那样推送着我。芭蕉叶从露台里长出来，袅袅娜娜，很是古典，它们用轻轻起伏的叶片，推送着露珠和雨滴，众多的水汽漫漶不清，以雾化的形态，推送着夜行列车，车内的灯火，被机车的牵引力，运送到我的视野极限。

> 我的背面推送着我的正面。我的前胸
> 推送着空气。我的后半生
> 推送着前半生
>
> 总有一样东西被遗漏了，没有推送到
> 比如嘉陵江

孤证了我被动的一生

——《推送者》

　　我之所以被推送，是因为我的一生都是被动的。我终生可能都学不会牵引了，学不会将自身的微弱之力，加到别人身上。即便是度，我都只能心向往之而力有不逮。度者，必是有大智慧而又充满悲悯者，是心境开阔而相忘于江湖者。我偏狭、紧促，自身底盘不稳，许多必须流落的理由，都可以用到我身上。我的被动，是无可更改的。

　　不仅是嘉陵江见证我被动的一生，从地理上看，朱砂村，诸佛村，郁山镇，郁江，诸佛江，乌江，长江，都见证了我的被动。见证了一段即见证了所有。

　　在诸佛的悬崖公路上，苍茫迎接我的前胸，风雪追袭我的后背，我常常骑着摩托车，在这些蜿蜒曲折、充满危险的砂石路上奔驰，我要去桑柘镇的网吧上网，去"界限诗歌论坛"发诗，扔下一个帖子，转身继续扎入一山迷雾之中，前胸撞击着无形的感伤，后背反弹着浩荡的孤独。然后，一周后再去，看看早前扔在论坛上的帖子有没有跟帖，有没有人评论，是批评还是赞美，是加精华还是早早被后来的帖子淹没……但这些都不重要，重要的是，网络平台让我看到了外面的世界。各种诗歌和思想在网上交流和碰撞，本身就是一种让人流连的氛围。很多年过去了，我还清晰地记得那种初识网络的惊悸和迷狂。我似乎找到了新的"巴别","幸福的巴别","悦"的过程超过了"悦的文"本身。

终于，我被动地调动了。当时县里的文联和文化馆，都让我过去，最终，我调到了文联，一干就是八年。

又终于，我被动地来到了山城重庆，从事与文字相关的工作。

我常常会回过头去，看看自己的后背是不是还在。我常常俯视一下自己的前胸，看看那里是不是还完好地保持着呼吸的振动状态。我常常把前胸和后背捏合在一起，看看弯曲的弧度是否已经超越我能接受的极限。

不，我不能这样款待自己。让人身体最为美妙的弧线葆有初心中的完好，已经迫在眉睫了。一个女人的弧线代表审美："在身体的每一部分，它显示、展呈、重现自身，而不描绘自身，有若一位神（也和神一样处于空白状态），它只能说：我是我所是者。"一个男人的弧线代表尊严："你可以令它屈服，但不可以扼杀。屈服者从于爱和信仰，服膺于诗人的乌托邦。你不可以扼杀它的创世的欲望，不可以扼杀它睥睨权力结构和资本结构的神性之光。"

死局与生门

似乎有一种强力，推送着我向"死局"里走。

很长时间以来，我一直没有弄清楚，我越来越大的虚无感究竟来自哪里，越来越明显的濒危感是个什么东西，越来越缠绕我的挣扎感是一种什么样的羁绊。

2016年，我的小女儿降生，我的幸福指数达到峰值。然而也是这一年，我的岳父在传统的"破域"习俗中上山入土，归于极乐；我的母亲在镇上突然被车撞倒，住进黔江中心医院。我在三地奔走，心力交瘁。一个月里体重就降了十斤。

之后，当生活日趋平稳，我重回了工作、写作、思考、阅读的状态。

"破域"，就是一种为亡灵破除"苦难"的仪式。我们在诸佛江边的河堤上，用白石灰撒出回字形路线，看上去像一个迷宫，方格形状。我们按照指令，东角，跪下；南角，跪下；西角，跪下；北角，跪下。我们就把大地跪了一个遍，我们就把大地之下，跪了一个遍。匍匐绕行，几步一叩，后一个人像是在跪拜前一个人，最前一个人，像是在跪拜经幡，一群人连续不断。跪拜的事物，看不见。譬如苦难，从来就是隐身出现；譬如欢愉，从来就未曾出现。我们要将生前和死后的困苦、痛楚，悉数消弭，我们坚信而不是迷信地认为：他将从病痛中解脱，在平行宇宙中安然无恙。

这段时间，我在"诞生"和"死亡"这两个词语间来回。而这恰好是诗性的本质。

生而有门。死而有局。

我的小女儿降生在通远门，千万别忘了这里。和我不一样，我降生在武陵深山里，而小女儿降生在古战场遗址。

　　通远门这座古城门曾经见证数次战争厮杀。南宋末年，忽必烈强攻重庆；明崇祯十七年，张献忠率部数十万从这里攻入重庆。现今，古城楼遗址犹在，铁钟沉实，飞鸟轻灵，我游移于此，凭吊和怀古都没有实际意义。我的重点在附近的重庆市妇幼保健院。我们常常来这里检查身体，观察胎儿状态，最后在这里迎迓新生命的光焰现世。

　　她喜欢在这里观看雕塑还原的古代战争场景。我更喜欢。历史深处的金戈铁马之音，与妇幼保健院时常传出的婴儿降生的啼哭，似乎完美地实现了音频剪裁和缝合，对我来说足够震撼，而我表面平静，像一块风化已久而骨骼尚在的古城墙石头。那个数百年前攻打通远门的老兵，而今掏空肉身，被一个基座定在这里，他腹内空空，如有回声，如有鼓动，而她腹内的胎儿正在准备离开她。一块暗铜正在准备离开老兵掰断的手指，射出的箭镞永远一个姿势，悬而不垂。

　　　　她依靠着人间的一块铠甲

　　　　若分娩，刚好身下尚有一个战场

　　　　　　　　　　　　——《通远门的孕妇》

　　这座门，早已远离历史的沉重，成为重庆城的生之门，成为我的生之门，成为孩子的生之门。

多么好，一个女儿。

她落地，在帝王的野心和铁血之境，在诗人的柔软和局促之地。那一天，我们的毯子包裹着的婴儿，穿过城门洞，上了出租车，我回过头去，通远门似乎刚刚经历分娩，虚弱而又激情澎湃，人流如织，无论老幼均是历史的儿女，时间的儿女，盛大的神灵之光的儿女。

婴儿将我结巴的语境推开，将城市的山水语境推开，将全球化和地球村的语境推开，她一个人战胜了世界。她在古战场的表现，照亮了我，让我觉得不再黯淡。我获得解救。

尽管我仍然在向死局里一寸一寸深入，但是我足够像一个父亲的样子，我为家人而骄傲，她们为我而骄傲。我们将共同走一程。直到死局通知我：你需要后撤一步。

每天，我下班抑或买菜归来，都会在华福巷的巷口见到下棋的人和观棋的人。他们吵嚷、争执，既是在棋盘上博弈，也是在心态上博弈。我路过，有时会参与其中，沉默着看某一个人被"将死"，或是在残局将了的时候退出。我喜欢这种半途退出，以我的目力和棋力，看不清输和赢，看不到结局里的惋惜和悔意。

独善其身的汉字，在棋子上。我抵达黄昏中的死胡同，随手救起了一枚，它的意义短暂死亡。无效的，休克的，一个汉字，被我把玩许久，它在喧嚣中被重新赋予新生的时候，我恍然，抽身而出，定义了自己卒子的身份。在这个城市中的乡场上，获取市井气。

> 我像被一步悔棋
>
> 挽救的诗人。赶在成为弃子之前
>
> 成为市侩之前，写出一句
>
> 救赎之诗。为了达成
>
> 和虚无这个对手的妥协
>
> 我允许死亡，可以后撤一步
>
> ——《死局》

我在日常的虚耗中，一步步走向了命运的底角，本已经无路可走。我越来越市井化，但是我决不能允许我成为市侩。唯利是图、投机主义和蝇营狗苟，不是诗人的强项。在成为这种人之前，需要悔棋，可以后撤一步。

而死亡，而更大的虚无，就在那里。或者说，不是死亡的虚无更像是死亡，不是虚无的死亡更像是虚无。我只有一个对手，那就是虚无。在虚无成为本质的时候，我允许死亡后撤一步。

然而，我们人生的游戏远远没有结束。

当我解决掉肉身和内心的世俗化困境之后，我面对着漫长的时间结节所形成的思想癌变的风险。我们参与了日常，在日常中拥有了快乐，那么，是不是我们就完成了悔棋之后的永生？不是的。是不是我们的诗歌就获得了地气，而接近于真实和本来？不是的。

还需要神性。每一种日常，在强烈的精神参与下（也可以不必强烈，温和而持久就够了），日复一日，年复一年，至死不悔，微笑逝去，那么任何一种日常都会拥有信仰般的神性。

由此，我们便可真正破局。

真正破除死局。

我就这样，下半生会一直玩一种"寻人游戏"。直到寻回自我。将死局解开，进而通达更大的生门。在黄果树，我藏在瀑布里面，一条湿漉漉的小道，避开了水帘，你（灵魂温和暖的部分）用彩虹找到了我。在银滩，我藏在海平面下面，憋气一分钟，我默默数秒，你（灵魂孤和绝的部分）用窒息找到了我。在圣索菲亚，我藏在教堂里面，大雪覆盖穹顶，冰激凌反季节出现在哈尔滨，你（灵魂善和美的部分）用体温找到了我。在老家，我蜷缩起来，藏在土地庙里面，菩萨仅能荫庇我的头颅，你（灵魂慈和悲的部分）用地窟之光，找到了我的下半生。

　　每一次，游戏结束时，我收起灵魂
　　生命便损失一部分

可游戏还得继续下去

——《寻人游戏》

人情味与自语者

无形的推送者们：命运之手和神性之掌。

而有形的推送者们，也在向我施加前行的力。

我的孩子们，会把我推着走。哦，我像个陀螺，旋转，永不停息。

诗歌中的人物，人性的阴暗或者光辉，都要通过"涉我"的语言去折射。不管是他们在疾病中的痛苦，还是他们在困窘中的挣扎，还是他们在平淡中的坚持，我都企图用心灵之眼去发现，去感同身受。

当我有了两个女儿以后，我更加注重在和她们的互动中发现诗意。

换句话说，我喜欢有人情味的诗歌写作。人情味，人性的善的一面，当然，也是真和美的一面。就看我们如何去呈现它。

女儿一周岁左右，她特别趋光，喜欢任何焕发光芒的事物，如：电梯按键、荧光棒、热水器上的灯光数字等。有时候，她会在小区仰头看天，可能是看昏黄的天幕上浑浊的光，也可能是看高楼层上的窗户透出的光。好啊，光是上帝派到人间的女儿，与我的女儿同龄！幺祖父和父亲进城来，我带着他们闲逛了一下。想起很多小时候的事情。如：父亲说生长彩虹的地方不要去，被彩虹的舌头舔到会长白癜；母亲说不要对月亮摇指头，会被弯月割耳朵。我小时候耳朵真的开裂过，我一直以为是月亮割裂的。很多年来我对这些近似于吓唬小儿的话不再相信。可是，人到中年，我又信了。月亮近巫，彩虹近妖，它们不容亵渎。这世界上没有一样东西是可以亵渎的。

人情味的诗歌，温情的诗歌，让我的内心更安宁，让我更加着迷地寻觅日常生活的神性部分。

我们捉迷藏，她得保证在看得见我的地方，反过来，我也看得见她，但要假装看不见，她才会获得快乐并叫出——来找我呀。

　　这时候我就是她的影帝

　　饰演我的三岁

　　当我女儿的小哥哥真难啊

　　　　　　——《捉迷藏》

我在这时候，得降低腰身，拱起后背，幸运的是，我那份小天真，演起来不甚费力，我越窘迫她越喜欢，佯装失败而哭泣的时候，她会扑过来，扶正我歪斜的眼镜。

这几年，我已经忙碌到难以有静心思考的余地。写毛笔字的时候，她会来拖拽我的笔；写作的时候，她会来拍我的电脑；用手机看书的时候，她会来夺我的手机。我能咋地？只有这样的碎片化时间，除了写诗，别的想法几乎为零。关于长篇小说或者长篇散文的构想，就只能停留在幻想里了。好在，我在上下班或者买菜进超市的途中，还可以思考。我会在人民广场宽阔的地面上信步前行，有时候会喃喃自语，把自己脑中的念头不经意泄露出来，而后自己把自己吓一跳，看看周围，有没有受到群嘲，而后羞赧地穿过人群。好在多数时候我的自语都轻微到只有自己能听见，外界没有可能知道我的想法。

> 自语
> 被人窃笑
> 有什么可笑的呢
> 自己审判自己，不好意思宣读判词
>
> ——《自语者》

我在空旷地带，摸着良心，悔罪，声音更轻了，甚至只能依稀分辨出，唇音的口型，终是有一些害怕自供的，便嗫嚅几下，而后回身看看空无一人的广场，便放心地继续前行。

我在被推送的路上，自转，自供。日常性便是米面、蔬果和尿不湿，神性便是总得要在"道在屎溺"的琐碎中，与"道"天天碰面打招呼，与毫无交情的每天必须路过的黄葛树互相问候早安和晚安，有时候，神性便是看到一株老朽的树木，便祝福它成为有用的棺材。

有时候，我被推送到远处，比如有次去了柳街镇，我们在喝茶谈诗的日常中，看到了老式猪槽里流出的水，在午后阳光下，产生了隐秘的光圈。我与一位来自东北（我在西南）的长者谈到了"洁身自好"，这个本身就很神性的词语。午后，这里有一个安静的场域，多种方言在发声，在四川的小镇上，一个林盘盛下了我们，跑了老远，我就只为这个词语而来，而之前我不知道是为了这个词语而来。"神是人的一种意外。"是的，我意外地见证了神性在最安静的日常，秘密地生长和提点我。

而这种意外会奖赏任何一个悲悯者。

有次我在登泰山的路上，遇到一个捡拾垃圾的环卫工人，当时，来自泰山绝顶的阳光，在我仰视的角度（以45度角仰视会看见意外）照耀到他的衣服上，反射出来，光晕逐渐扩大。他迎面而来，仿佛路过一生最神性的时刻，我甚至能看见他白胡子上的光芒在颤动，而当他侧身走向垃圾桶，后背隆起，仿佛突出了一身的异峰，我却在心里，一遍遍地，想把他的半身卸下，缓缓地恢复为泰安的平原。若他愿意休闲，锃亮的秃顶，定然是吸光的旷野。青草遍地，香槐掩盖着洁净的天灵。

　　　　这一瞬间我想起故去二十年的祖父

　　　　化身为一个丐神的样子

　　　　紧握着充盈的垃圾袋

　　　　仿佛攥着秘密的衣钵，和沉重的黄金

　　　　　　　　　　——《在中天门下遇到一个神》

玉与石

　　我在被孩子们推送着走的这八年，路线固定。

　　前几年在中山四路。从六中门口开始，经过圆拱门老街，戴公馆，三闲堂，周公馆，到大礼堂。这条街道仿佛是来自影视剧，充满文艺气息。

　　后几年，我从华福巷开始，经过人和街，古玩城，大礼堂，到人民路。这条路线像是来自一幅书画长卷，也充满文艺气息。

　　我都喜欢。

　　每次枯燥地路过，我都会调动浑身的文艺细胞，复活自己的想象力，为自己的诗歌找到光抵达的形式和理由。

　　古玩城里玉石店不少，但是我每每都是匆匆而过，从未仔细打量或研究，我对玉石是免疫的，不会去收藏，也无力

去收藏。我知道自己的玉石在哪里。

我从古玩城的通道走进去，就像是深入玉器的纹理了，我的进入，像是杂石进入了纯玉，显得多么不合时宜，多么多余，多么错误。易碎的裂口让人不安，越走，越是在赝品的错觉里迷路，我在分毫之间感受到巨大的空旷，误差，被混乱的秩序放大。我略微占据了空旷的一部分，像边角料，努力向精品里挤。匀速，成变速，再成加速。我怀抱小女儿，她像一枚酣睡的玉石，流露出最好的成色。我的玉石在这里，而我自己，充其量是拙石。从诗歌的角度看，我还是顽石。当我从古玩城的这头走到那头，仿佛是在玉石的内部穿行，我走出了生命的某种直径，不偏不倚，抵达核心。

　　从玉器的纹理里退出来，而我女儿的镜像

　　太过于逼真，还在玉器的真相部分，拔不出来

　　　　　　　　　　　　　　——《古玩城》

如被继续推送到广场，会看到三峡博物馆。博物馆门侧，伫立着巨大的石雕龟趺。它又名赑屃、霸下等，在中国神话中是龙所生九子之一，排行老六。这是龙的儿子中最隐忍、内敛的一个。它如龟一般匍匐的姿态，负重的本能，很适合做一个被推送者。神话像我的诗歌一样，推送着眼前的石头，而诗歌推送着我，龟趺一般负重而行。

孩子们还那么雀跃，不懂得负重是什么意思。

其实我也不能向她们描述什么是负重。

这个石头形象也不足以说明它背负着什么。它的背上是飞鸟和天空，还有我的角质化的词语和句子。有一天，小女儿硬要买回一个乌龟，养在家里，令我常常想到博物馆旁的那块艺术化和仪式化的石头，身上有着裂隙的石头，经过文物工作者修复仍能看到它的痛苦的石头。这个小乌龟和那个大龟趺，定有着某种关联。每到夜晚，当我听到那只试图爬出牢笼的乌龟不停地发出扑腾之声，我明白了什么叫作"寂静中的失败"。

我就是"寂静中的失败者"。只是我一直没有告诉自己。我对自己认识不清，总以为胜利在望。

然而失败才是我们每天都在做的事情，有时候是以失眠的形式失败的。

白日，它近乎死一般活着，我也这样，只是没有人能轻易看出我某一部分的脑死亡。佯装的寂静甚至能欺骗整座傲慢的城市，直到此刻，它内心的要求（也是我在夜幕中无力的要求）才显露出来，和你一样试图越过什么。这隐忍的孩子，还得活多少年，才能真正做到龟趺，沉实地匍匐于压力的底座下。你于心不忍，不想鞭笞于它，可闪电不这样想（闪电常对我施加鞭刑，罪已至此，何须多言）。你身背一个刑具，身背原罪，将其当作护身的盔甲，你就是一个软体动物了，自囚起来，生而反对辽阔和快。你知道它的孤独，小如一粒红眼珠，无视这病态的人间。

一块静态的石头和一块动态的石头，实现了互喻。

我在向人间争取作为本体的权利，我完成了一个艰难的修辞过程。

在这两条路线上，我走着走着，就忽略了背后的推送者。我形成了被动地踉跄而行的习惯。有时候平地摔跤，我将其怪罪为胃病导致的营养不良。中枢神经丧失了指挥功能，我将在巨大的惯性中移动，从未考虑过停下来，也停不下来。

"被动"略等于"疲倦"的平方，略等于我的诗歌的"营养不良"。"推送者"略等于"上帝之手"，是判点球处以极刑，还是洞穿空门进而永藏秘密？我说了不算。

唯有语言，可以对我宣判。

小年夜

我独自在中山四路逡巡，试图从阶梯的分行中找到断句的方法，从老树盘根中找到语言的梳理方法，从城市阳台的人造光影中找到物理性和心理性的融会，从嘉陵江的不舍昼夜中找到词语的运动轨迹。

一

　　小年夜，是一年中最美好的夜晚，超过了中秋之夜。天空中不再有月亮自称天意，洒到人间来，它们跨越星球的光抵达，其实是毫无内容的白色侵略；大地上没有木樨空气添加剂般的混合，刻意的香气释放扰乱了暮晚之后的所有宁静。而今晚，戊戌年腊月二十四日的酉时，中山四路的老街上，我正在为每一种可能的命题作答。

　　作为诗歌的命名者，我需要对一些尚未厘清的眼下物象作出准确的诠释；用诗的语言，对那些动态的或者静态的符号作出所指的扩散。我是笨拙的，但此刻是灵敏的，中枢神经对电脑文字的支配欲，已经变成对迟钝的声音文字的把控。我干得并不游刃有余，但是还勉强可算及格。

群星占领天幕时，黯淡是我的能力

同样坐在寂静中，失明的那枚才是黑暗的知己

——《小年夜》

在整个戊戌年，我都是黯淡的。写作处于瓶颈期，没有一首诗或者一两个句子能让我自己记住，群星灿烂，而我独自无光。我和我的星球都坐在宇宙无垠的寂静之中，我像是消失的人，存在却又被黑暗吞噬，只有那枚逐渐失去光泽的星星，那枚逐渐失明的星星，才像是我，像是我的知己，理解了我的孤独和自失。

然而，中山四路上翩然而至的鹊羽，白色的绒毛，在我的身旁轻轻零落，粘在我的肩头，带着人类的体温，予我抚慰。它们是无意落入农历小年夜的小段公历时间，是错入城市南方的小片北方。它们来自公历五月，却一不小心掉进了农历腊月，这一段时间的穿越，带有浓厚的玄幻色彩。羽毛就是一个时间概念，是形象化的时间。它们在叶间飘落的时候，时间也在旋转，虚化的事物突然全都有了具体的形状。时间是羽毛状的，时间是所有飞翔的态势；时间是黑夜中的所有白色，不耀眼，但是足够穿破迷障，所以时间是七种颜色调配的，最后具有了单纯的同一色调。羽毛来自嘉陵江之北，是一个空间概念。它婉转地落在我的头上，轻轻地触摸了我的前额。像是缥缈而又瓷实的一片空间，贴在我的思想

之上了。我显然尚未完全做好迎接浩大的空间的准备，显得有些慌乱。我的一生，空间局促，随便一处小小的缝隙就可以容纳我和拘留我，我对太大的宽阔没有要求，也没有清醒的认识。我的辽远来源于灵魂，只有诗歌撑开我的心胸，我才意识到自己其实也是天空一样有容量的孩子。就像现在，我在老街上，这些圆拱门太敞亮了，以至于我随身的黑暗具有绝对的小，轻轻一坐，就能把自己插入夜色，楔子一般，找到孤独感中的撕裂，而作为自己得以生存几秒的空间。羽毛来了，它用细小和柔软，反衬了空间的恢宏和坚实。空间无形，然而有形。空间也是羽毛状的，肉眼可见的光源，是江之北的起点，然而它本身又是江之南的终点。它来到我的额头，巧遇我，抵抗我，紧贴我，深入我，似乎已经用锐利的空间，刺透我的想象，进入我的骨髓。我感觉到身体被打开，一片羽毛在心室找到自己的位置。小小的空间逼开了我诗歌中巨大的空间，我感到膨胀，血脉偾张，似欲全身心的飞翔，就要在老街上迷乱地扑腾。

二

一些古旧的人则准备返回乡村。

我也是古旧的人，茫然不知有华彩的现代，这点呓语，是我十年语音的合成。这个世界是有很多隐患的，可是我们并不知道。"万物都是先验，却拒绝向我们告知。"只有当万物中的某一物以敌对的姿态出现在我们中间，我们才会事后诸葛亮般说：我们又错了。我们本该认识到每一种弱小存在的价值和巨大的破坏力。但是我们依旧认为它们是弱小的，是我们的附庸，我们只需要享用这种霸凌感和控制欲就行了。当我们在时空中越来越强大，也就意味着我们在宇宙中越来越孤立。古老和现代这对词语，在我身上有着奇妙的守恒，但是我还是时常觉得惶惑不安。时间要抛弃我们太容易了，没有谁能逃脱这些无形的惩罚。当羽毛滑向我的嘴唇，我感觉到某种神秘的力量又要来惩罚我了。我感到恐惧的是时间和空间本身的无限，而我们如此短暂和脆弱。我还对时间和空间的具象——一片羽毛突然地莅临，感到忧惧。任何碰撞都是命定的。即使是老街上的迎面触动，也是命定的。我仰着头，迎迓这片羽毛，它像纯净的病毒，迅速感染全身。我吃语，口齿不清，不知道病毒所为何来。

我在这里，解答内心关于诗歌的问题。而羽毛是一个对我进行访谈的问号。

北滨路和嘉陵江的关系是什么？一条河运送着灯火，光影参与形成。将军府外的修竹有怎样的此情此景？树根何以一排密布在墙壁上？

那是线条化的时间，老去的生命伸出触须。诗是不是特异功能？那么，语言就是迷信……

羽毛的问句没有这么具体，它进行着抽象的迷之问。当它问出"关系"的时候，我的诗歌是结构主义的，是我对罗兰·巴特的微调："你是突然降临于我的脑中，而不是我召唤得来的。"一条河把你运送到我这里，江与滨江的关系得以生成。"羽毛创造了意义，意义创造了生命。"我们的关系，就是诗歌的生长关系，是一种不断创造的过程。我的生命因此得以完善。

当它问出"情景"的时候，我的诗歌是中国古典主义的，它讲究"情景交融"和"触景生情"。它去了东方以东，便是无尽的"物哀"；它去了西方以西，便是无限深度的"意象"，是一群人的影子，诸如勃莱、赖特、帕斯、豪格等。

当它问出"诗"本身，我的诗歌是存在主义的，是老树根被时间派到墙壁上一网千年，我存在，成为语言的迷信，成为被一片羽毛怜爱的古旧之人。我因此得以对抗虚无。

三

这片羽毛一直在小年夜里舞动，从民生银行迷离的光圈中走出来，经过桂园，求精中学，德精小学，圆拱门，三闲堂，周公馆，到曾家岩的悬崖边。它一直有着雀跃之美。天空的流量中，你是全部，别人不是。候鸟的奔袭，留鸟的沉静，都在羽毛上。你如果继续白着，云朵就不敢再白，你如果深一些，气流层都尽数避开。落地时那对大地的颠扑、颤抖的波动，让大量梦境惊觉。此后，久久的静止，像生命为我留出巨大的默契，在人世喧嚣中。

我们对于生命的思索又多了些。有一本书叫《神秘的生命灵光》，说的是濒临死亡，而从死亡线上回来的人，大多感觉过灵魂出窍，然后经过一个隧道，看到一片灵光，这个过程自然而然，没有恐惧，没有痛苦。有人说，这是因为人在死亡边缘会分泌某种物质，对人进行最后的生理性的安慰。人在对抗死亡的过程中，最需要的就是自我安慰。自我安慰主要来源于精神层面，告诉自己，死亡并不是那么恐怖，并不是那么痛苦。那种身体抵达极限的时候，自我的生理性安慰，投射到灵魂层面，会让人走得轻松。我想这是人对自己最后的最高礼遇吧。

曾经笃定的认识——死亡并不可怕——产生了微妙的变化，我开始觉得死亡是可怕的，尤其是"非正常的死亡"，是不能接受的。我对于信仰和艺术的追求，便是为了抵制死亡和虚无。但是我感到了这种努力的不可信。隐约的警惕感让我觉得：其实我们更需要另外一些东西。

死亡是孤独的，是一个人的事情。绝无可能结伴而行。所以死亡不仅仅要面对生命消逝的恐惧，还要面对虚无、对巨大的孤单的恐惧。我想，如果要让濒临死亡的人减轻这种恐惧。就要尽可能地减轻弥留前夕的孤独，让他们感受到爱。

这种爱不仅是亲人的爱，还有男女之间的灵魂之爱。如一个人被巨大的深刻的爱包围，一定会走得轻松很多。因此一个人生前最大的财富之一，便是拥有爱情。同时，这个人还会很深刻地爱着别人。《巴黎圣母院》中的卡西莫多，上帝把一切丑陋都给了他，但他有对爱斯梅拉达的高贵、圣洁的爱。最后他死在少女的尸体旁，他殉道于爱。司汤达的墓志铭也说道：米兰人亨利·贝尔，活过、写过、爱过。司汤达的一生并不长，他爱得奋不顾身，却无一例外，全都无果而终，终身未婚。但他的确是爱过的。他有资格说出这句话。所以，他很坦然地在自己墓碑上写下"爱过"两个字。这两个字让他得以更坦然赴死。

四

　　城市有个阳台，就在中山四路的尽头，从悬崖边凸出去。我的心灵有些延伸，这凸出的部分用于通风和呼吸。站在这悬空里，江岸线也柔顺了些，北滨路的灯饰变幻，一会天蓝一会火红。嘉陵江就在情节里流淌，逆水的游船满载灯火，拖着倒叙的光芒。曾家岩边，设计师的美学，是重庆的虚和实，是人们的镜与像，那微风沿着悬崖上来，仿佛来自一条大河的抚慰，吹拂着我。

　　鹊羽也被吹动了，我看见了它灵魂的翻卷。

这是一片年幼的羽毛还是年长的羽毛，还是和我一样，是一片中年的羽毛？如是，那么也就和我一样并未参透生死，并未身心通透，并未对诗歌做出未来的判断。然而我错了，这是一片悠然自得的羽毛，它的飞行路线封闭而又自足，开放而又主动，有些来自林间荫翳的羞涩和不谙世事，也有些独悬城市中央的骄傲和舍我其谁。

我对它说话。用眼睛的凝视说话。我没有更多的声音和表述。

我对羽毛说：死亡是价值的一部分，是生的一部分，是爱的一部分，是这个星球乃至整个宇宙的一部分。当然，也是小年夜的语言系统中，起到结构作用的那一部分。当然，也是对少年的我和青年的我进行解构的那一部分。

一部分什么？我尝试着回答。

人对抗死亡最好的方式，是追求人生价值，实现人生价值，这样，会走得少一些遗憾。当一个将死的人觉得自己一辈子很值了，那么，我相信死亡也不那么可怕。有精神追求的人，实现自己的人生价值后会更加积极面对死亡，因为他们获得了精神的满足。比如文学艺术、科学研究等。而一味追求金钱的人，往往会不断陷入新一轮的虚空，最终总会觉得没有实现价值，没有填补内心那巨大的黑洞。很多平凡的人，会有平凡的价值观，但是不影响达到的效果，和看似伟大的价值观一样，都能在对抗死亡的过程中起到重要的作用。

比如说匠人的手艺精湛，造出满意的产品；农民的耕种获得丰收；打工人赚到钱回家修好了房子。当然总有很多人最后觉得人生充满遗憾，价值没有实现，这时候，他们往往会寄托于亲近的人，希望他们的价值得到最大化。比如儿女对父母临终前最好的安慰是儿女的成功，无微不至的照顾固然重要，但是儿女不断走向新的境地，更让他们觉得安慰。

我无声地絮絮叨叨，不知道羽毛有没有听进去。我看见它飘动得更快了，也许是某种来自量子的呼应和纠缠，也许只是因为嘉陵江又起风了。

五

我把整条街道走一遍，重复昨天，一群人变成一人，像收脚印的灵魂。灯光迷离，人用低语译出了竹和树，导出了城市阳台和民国警局，像在用诗拍一部纪录片，我有拙劣而又陈旧的解说词。近春了，红灯笼正在树上悬起，影子却紧紧抱着影子。我在播放自己，分成一帧一帧，每秒都令我窒息。老街的今夜如此空旷，一点光落地都有声音。一片树叶睡着了，一片羽毛醒了过来。此时，我看见了人们的飘逸和卷曲，中山四路，正进入城市的浅睡之中。

嘉陵江走到夜行列车的前面去了，它尊重了暮色，并预祝了人们晚安。这里的高楼，与南岸的大厦一样，在用顶层扫天空，天空有什么不干净的？落地窗明亮无比，有人坐在光圈里，从我的角度看过去，也是坐在浪纹里。共同想起的人们，定然就在春阳那边吧？像辽阔的江水那样，吃倒影，听船鸣。现在我要向老街献上最灿烂的温柔了，我从候鸟那里找到它，群鹊纷纷避让。它在空中缓慢了些，像是要祝戊戌年小年夜晚安，祝人间晚安，祝万物晚安。

安好。最朴素而又最深情的词语。

在这个晚上，一片羽毛导引我想了许多。

孩子小时候总是爱问：爸爸妈妈，人会死吗？你们会死吗？我会死吗？这时候，我们总是企图捂住他们的嘴，让他们别乌鸦嘴，好像死亡是一个禁区一样。

记得我的大女儿进幼儿园后，听说了"死"这个词，回家后就忧心忡忡地问我："爸爸，你会死吗？"

"不会的。"

我甚至在回答这一句问话的时候，有点相信自己会永生。那时候不知道永生是什么意思，只知道是一直活着。人到中年，才知道永生就是向世界低头认输，承认自我局限，承认必死，承认我们的一切努力，都只是为了在死亡前获得另一种永生的理由。所以我写诗。

显然，那时候的女儿是相信"爸爸不死"的答案的。

然而，过了一段时间，她又回来问："爸爸，你们会死吗？"

"不会的，宝贝。"

她的眼里有了犹疑，内心有了动摇，她已经获得了人将要死的信息。但是她不再问话，不再戳穿一个美丽的谎言，不再对她的至亲进行逼问乃至于最终伤害自己。

她只是过了一段时间自言自语似的对我说："人会死的。"这句话的潜台词令我几乎潸然泪下。

六

同样，我们也坐在寂静中
你像白羽凌虚，我像孤星落实
　　　　　　——《小年夜》

当我在小年夜如水的清凉中，和一片羽毛对话的时候，我觉得自己像孤星一样落实了。

而那片羽毛，凌虚而行，把寂静当成了食物。

它像是我的诗歌的眼睛。

在今夜，我的诗歌突然间超越了俗世情感，进入了哲学的领域。我有些担心，当哲学和诗歌交合，我会不会被更多的柏拉图逐出理想国，我会不会因为成为"无限的少数人"而羞耻，会不会因对哲学的零碎理解而妄断诗歌的前途，会不会因为一片羽毛的三种落地方式而放弃自我生命的终极之美。

羽毛落地太美了。美到一切诗歌和哲学都是对它的阐释。

第一种落地方式是，预习死亡。羽毛中最睿智的哲学家苏格拉底说："哲学就是预习死亡。"显然，羽毛的诗歌节奏已经练习千万遍了，从我写下的众多句子来看，预习死亡就是获得某种语言节奏，进而从容面对死亡，做好了人死诗歌不亡的准备。实际上，每一个人都需要预习死亡，思考死亡，应对死亡，有一个成熟理性的死亡观念。那么，人就不会在面对死亡的时候那么消沉、沮丧，甚至恐惧。我的诗歌在宗教意义上是成立的，它们是我内心的经卷，是自我复述和自我预谋，是自我燃烧也是自我消弭。因此，羽毛看到我喃喃自语，那是我在反复训练，准备好迎迓死亡之光。羽毛于小年夜落地的时候，是惯性的，是流畅的，是驾轻就熟的，是得到万千祝词的。所以它落下来，并未惊惶，灿若星辰。

第二种落地方式是，亲吻死亡。羽毛中最超脱的哲学家蒙田说："死亡说不定在什么地方等候我们，那让我们到处等候它吧。"羽毛说出了死亡的本质是"等候"，而且是互相等候。就像我在等候羽毛，羽毛也在等候我。我们在小年夜相遇了。这几乎就是胜过了一次死亡的小小奇迹。对我来说，它甚至超越了死亡，羽毛对我的临幸，像一场亲吻。它在我的额头上久久不落，像是代替天意，对我进行长吻。我们互相用"死亡"致意，用"窒息"致意，用"惊厥"致意，用"休克"致意，用病毒般的"关照"致意，用灾难般的"席卷"致意。羽毛落地是轻柔的，温润的，是得到宠溺之爱的，是享受到天光摩挲的，是得到无数词语的光斑洗涤的。所以它落下来，仿若意愿已了，无声无息。

第三种落地方式是，死之不死。羽毛中最圣洁的器官捐献者周老师说："死亡是一个人最好的精神发育。"周老师的女儿捐出了身体的五处器官，拯救了五个陌生人。相当于女儿还活着，活在五个地方，母亲能真切地感受到。周老师不仅不觉得是自己和女儿拯救了别人，反而觉得是别人成全了自己。这就是天使般的温暖，是善良的极致。这种对待死亡的态度更为超脱。一个人无论财富多寡，身份高低，最后都要面对死亡，人生最后的课题就是如何与死神握手。人最后的衰老和死亡的过程，其实也是一种发育，是人生最后的也是最高层次的发育。发育得好，就会正视死亡，拥抱生命。在诗歌的意义上，这种发育的结局就是"死之不死"，是永恒性，是生命圆满的标志。所以羽毛落地了，《道德经》和《诗经》一样轻盈地落地了，《逍遥游》和《论语》一般愉悦地落地了。羽毛获得了人世的赞美诗和唱经声，它起落天然，挣脱星球引力，大自在，如是观。

七

父亲告诉我，小年夜要进行献祭。

然而我没有美酒和佳肴，没有诗歌中的名句，没有生命中的至纯，来进行一场献祭。

最终，羽毛悠游天际。我将独自献祭。

我向空天献出自我。一个迷思的自我。

天收否？不收，则我将继续苍凉下去，老旧下去，病痛下去。

自我隔离下去，自我否定下去，自我消除下去。

我将献祭给自己，给诗歌，给一切有法和无法。

阿图·葛文德在《最好的告别》中讲了一个故事：托马斯为了帮老人们抵抗疗养院的厌倦感、孤独感和无助感，建立了新的疗养模式，在里面养了两条狗、四只猫、一百只鹦鹉。护士们增加了工作量而拒绝照顾这些动物。但是老人们主动认养，并从中获得了快乐和满足。从而大大抵消了身体和心理的负能量。

存在的意义是为了消失。消失的意义是为了"最好的告别"。

托马斯的老人们需要动物的灵性来拯救内心，我需要一片羽毛来拯救诗歌。

我独自在中山四路逡巡，试图从阶梯的分行中找到断句的方法，从老树盘根中找到语言的梳理方法，从城市阳台的人造光影中找到物理性和心理性的融会，从嘉陵江的不舍昼夜中找到词语的运动轨迹。最关键的是，从一片羽毛的消失中，找到死亡的提点。

我相信任何一种存在都是要告诉我"存在之道"。

"小道救我""大道利他"。所有"道"都是为了向无形的无垠还债。我的诗歌拙劣，还债缓慢，不知道能否救赎我的最终。

荷尔德林希望自己写出伟大的诗歌，即使只有短暂的时间活着，也要像神那样生活，再也没有更高的要求了。

> 权威的命运啊，只要给我一个夏天，
>
> 加一个能让我的歌成熟的秋天，
>
> 让我的心尝够这甜蜜的游戏，
>
> 那时，我就死而无憾。
>
> ——荷尔德林《致命运之神》

诗人不在乎生命的长度，而在乎生命的高度，在乎那种巅峰水平的价值体现，而不需要永生，不需要多长时间。这是一种生命价值或者说死亡观念的极端。诗人相信虽然人生短暂，但是作品会永生。当人的生命具有巅峰水平的高度时，当然是时间越长越好。生命的长度和高度、广度、深度结合，才是最好的。

然而，谢利·卡根在《死亡哲学》中认为：像这种代替活下去的方式，实际上不是永生，是一种半永生和准永生。就像伍迪·艾伦所说：我不想通过我的作品变得不朽，我想要通过不死来活着。所以一片羽毛告诉我："你的诗还写得不好，死之不死的境界还远着。你的诗小气，耽溺于自我。"所以我在小年夜实在拿不出可以献祭的东西了。

有一个命题是，你是选择做一个痛苦的哲学家，还是选择做一头快乐的猪？哲学家长期思考人的深层次问题，比如说预习死亡。另一种观点是，要无视死亡，活在当下。实际上这两者都没有问题。思考死亡并正视死亡，才会拥抱生命；无视死亡而超越死亡，也是在拥抱生命。殊途同归。但是有一点，无论哪一种方式，都有自身的价值在其中。痛苦的哲学家有深度的心灵体验，而快乐的猪有深度的感官体验。说实在的，我们不能单纯地说快乐的猪就是一种享乐主义。可能那也是很好的对抗死亡的方式。

小年夜，我向河流注视了很久，它的平静像一场冥想，没有主题，巨大的杯盏里空空如也，神灵正在辟谷。先祖和我都空腹许久了，月亮投宿江北，它将收受我的献祭过夜。大河开始丰盛的烹饪，小区贴出停水通知。河面上，一蓝一红的航标灯仿佛是永远亮着的。

长尾鹊

长尾鹊是这样向我们示范爱情的：两株树之间，恰好容得下一次短途横飞，此树上一只鹊，彼树上一只鹊，双鹊隔空鸣啭，奇妙呼应，此鹊从旧巢，衔走一茎草，白羽起伏之间，便抵达彼鹊。

引　子

汉语说：鹊是昔日鸟。

我平生疏于了解动植物，尤其是大地之上，能够飞翔的动物。飞翔，意味着那不是我能掌控的，也不是我能模仿的。我笨拙，据守大地，奋力一跃，不过离地一尺。由此，我对天空中横行的灵巧之物缺乏耐心，更别说研究它们了。

然而，我在中山四路的五年，几乎每天都能见到它们，不经意间已经成为熟人中的故人，故人中的素交。

说是素交，是因为我们并无利益往来，迄今为止，它们还没求我办过一件事，我也没有生出"鸠"心，无占鹊巢之意。我对它们的打扰，实属无意。从一瞥到凝视，我花了女儿的半个青春期，当然，也花了我的半个黄金中年。从女儿进入六中读初一开始，我就在学校外的这条老街上逡巡，自然而然，与黄葛树上的鹊鸟不期而遇。

设若象形，鹊中的"昔"字就像它们那长长的尾羽。

那么，我就叫它们为"长尾鹊"吧！

她们的心里从来没有外省，只有外人

某个春天的长尾鹊，在三闲堂门外，俏立于枝头，向我露出白腹，它站在树叶间等待阳光，我出现在大树的阴影里，而它，出现在我内心的阴影里。我会路过它，下行进入曾家岩人防洞，穿行，而后抵达人民广场。而那只长尾鹊的影子，还附着在我身上。我进入隧道，它也进入隧道，仿佛白净的尾羽还留在洞口之外。时间被截成两段，我露头，它也露头，仿佛它的澄澈之眼，已然来到洞外，另一片天地在迎迓它和我，尤其是迎迓它半身的光芒，黯淡的我也被照亮。我就要去远处了。

> 她们的心里从来没有外省，只有外人
> 我怀不忍之心，仍深深打扰到了她们

接送女儿上学和放学，已经三年了，除了出差，我从未缺席。似乎，每天的例行已经成为某种仪式，亲情的陪伴，远远比安全因素重要。渐渐地，这些长尾鹊，成了我的女儿。

我在人间满盈着幸福，它们或隐匿叶间秘而不宣，少女般羞涩地躲着我，或弹跳树杈活泼跳脱，以女童的天真无邪戏弄我，或翩然飞行，用身体的韵律和节奏感来向我炫技。我成了一群女孩的父亲，故作深沉，有着民国文人做派，在这条老式圆拱门建筑遍布的街道上，用羽毛状的思想，向它们致意。

我的打招呼，其实就是仰望。

仰望久了，也就成为仪式中的仪式。

我实在是没有其他可以体察和领悟的对象了。长尾鹊，是我诗歌中早期"万物有灵"的启发者。它们成为我的光之源，我成为浪费光的受益人。我像一个不称职的父亲，反而向它们不断地索取，不断地获得安慰。

长尾鹊，善于利用荫蔽，这点像我，有小小的自卑和局促。我们父女从小小的诸佛村来到都市，一直在努力地适应，一直在堆着笑藏着苦，还要把自己装扮成"报喜鸟"的样子，用口吃的语言来描述生活的高光部分。所以我们都向老街借来长尾鹊的表情，而至今不还。我有时候只看见它洁白的尾巴，和光芒产生联系，获得半个身子以及双倍的上天垂怜。有时候我看不见它，只听见树叶中窸窸窣窣……光芒被它全部浪费了，我慢悠悠从树下经过，像晨曦那样，浪费爱。从局部开始，浪费掉爱的斑点，爱的块面，爱的切口。后来我浪费掉爱的整条街道，爱的高悬之巢，爱的华冠，以及，爱的不世之根。当我发现浪费掉爱的城市阳台的时候，已经暮色四合，玻璃中逐渐折射出蜃楼般的灯火，随着我的爱浮动。孩子，这时候我不想和你说一句话，像光芒那样，只管掩映你，而不说爱你。

每一片羽毛上都布满时间

五年后，女儿进入高三，去了璧山封闭学习。我结束了接送生涯。然而，长尾鹊作为一种隐喻，还时常在我的诗意里跳动。

和前五年一样，我仍旧在每天上下班的路上，和它们打招呼。

以前，我是用一瞥，简单而又淡漠地向它们问早安、晚安；现在，我是用凝视，来祝福它们，我的每一次无声的祷告，都抵达了羽毛熠熠闪光的高度。

我看到了长尾鹊的社会性，个体的困境和集体的悲哀。我们互喻，我以生命之重，它们以生命之轻，互相换位。有时候我在它一声鸣叫的宾语位置，含笑不语；有时候我在它的久久缄默的主语位置，身后的尾羽等同于久久的省略。它们是我的文本，当然我也是它们的文本。异类的语言偶尔会实现联系和通达，我们——我和长尾鹊，具备了诗歌意义上的互文性，也具备了命运意义上的互文性。

从姿态上看，它们的飞翔不像是飞翔，像是在飘移，轻盈的极致，便是力量的极致，而我还在人世间不断加力，固执地认为力量是获取生存的根本。然而，它们已经将生存状态调整到近乎横移。无须振翅，只需要枝头反弹一下，它就离开晨曦，去了暮色那里。它能在空中完成一次旋转，像空间站陷入失重的虚幻之中。我也曾在空中旋转，幼时担着麦草，跌下高坡，那瞬间的旋转已经成为我记忆中的喟叹调。我那时还小，仅仅为了几毛钱的收入，几乎将自己送进另一世界。进入初中，我复制过那种旋转，骑着一辆破旧的永久牌自行车，在九道拐的拐弯处径直冲下石坡，所幸并无大碍，一身灰尘地爬上来，骑着车继续向黄泥坝中学而去。

现在，我看见长尾鹊成为具有精密手艺的时间切割者，它们似乎已经懂得了"从前慢"的精髓——它们的一秒可以分成许多慢镜头，让我从剪影，看清它们的绒毛，而眩晕是没法看见的，它们眼里的那一滴寒露，也是没法看见的。它们对于时间的理解，不仅仅是晨曦和暮光，还有两者之间的每一次回头和凝眸，都会善加利用，形成与我的互动。

它们中至少有三分之一已经认识我。

我无害。

所以它们愿意把自己的时间的光斑，分享一点给我，把叫声中的余音，遗留一点给我，让我得意满满地回归在真与璞的道路上。

什么是我们共同的时间呢？

——念头。

    没有优美的弧线，也没有激荡的幅度

    她完成的乾坤转移

    就像我内心的某个念头一闪

    快捷而又悠然

昔日之鹊，有着漫长的忍耐

长尾鹊是这样向我们示范爱情的：两株树之间，恰好容得下一次短途横飞，此树上一只鹊，彼树上一只鹊，双鹊隔空鸣啭，奇妙呼应，此鹊从旧巢，衔走一茎草，白羽起伏之间，便抵达彼鹊。

我是幸运的，抬头便见证了灵性的草，在空中的传递和交接，那喙里夹带的，如同我诗歌建筑上的小词，被运送到秘境。我是有福的，见证了春来时的白云居，第一天的织爱手艺，轻盈而又精准。长尾鹊，会选择在今日，成为新妇，成为被宠溺的那只。我如信徒，徘徊在树下，奉鸟为神祇，称它为神的女儿。

它们的爱情有信物，有仪式，有过命的交换，有闪转腾挪的技巧，绝对能够提点人类。当下社会，大多数人的爱情已经满是土豪金色，庸俗而又简单，讲究直接的物质基础，而忽视古老的浪漫。

树上的长尾鹊，显然是经典意义上的爱情诗范本。

叶芝写过爱情诗《当你老了》，济慈写过爱情诗《明亮的星》，谁还敢写爱情呢？谁能写好爱情诗呢？最大的问题是，爱情是什么？

抑或诗歌是什么？这些问题常常困扰我，以至于不得开解，我已经不太敢向朋友们谈论诗歌了，诗这种东西，就像典藏的爱情一样，已经在现世稀有。

其实，长尾鹊的隐喻中的一部分，就是关于爱情的：

> 有时候，它们用一根草，挑逗，示爱
> 配合那腾挪的小动作
> 对爱情保持着谦逊、忍耐
> 看上去，像在提示粗疏、野蛮的人群

是的，爱情是什么呢？就是谦逊和忍耐。连小小的鸟，都懂得恒久地爱着，而人大多将爱情功利化，早已经将叶芝和济慈的诗歌教育抛诸脑后。还有几个人爱的是"朝圣者的灵魂"？爱的是"衰老的脸上痛苦的皱纹"？

天气这么好，那些把天空扫干净的人，还在感谢每一片羽毛，鹊的尾巴长，羽毛被感谢的部分充满距离感。我们感谢它们，作为爱情的喻体辛苦了，不过，如要有所获，还得有一颗沉静的心。浮躁和喧嚣，终究距离爱情的本质很远。从瞬间滑到昔日，这两个时间概念的联系，依靠一条飞行线来完成。无论是当下的，还是过往的，一切事，都是我们需要珍藏和感激的。今晨看起来，鹊的飞行线路类同于月光沿着金属线走进音乐，旧时光里的鹊，今晨的鹊，残障者眼里的鹊，新妇眼里的鹊，均是同一只，它穿透我的一段时间，也把我的辽阔，化成一个孤独的纺锤。

这是一只《诗经》里的鹊鸟，"君子好逑"与"之子于归"，几乎就在同一场域进行。它们的横枝上仿佛悬挂着我书写的横批，参与了一场又一场鸟类的传统婚礼。

当然，诗歌是对它们的局限，它们应该突破每一个词语的包围，自由是无人可以描绘的，无人能用名句把它流传到后世去。一只出嫁的鹊，在于归之期，完成了对自己的反锁，我走进线装书，像是在盗窃它的一部分自由。

独立之鹊

有时候，我会见到孤鹊，在流派和主义之外，在圈子和庙堂之外。

它也许是膝盖有滑膜炎，速度受限，没有赶上一场吵吵

嚷嚷的发布会。

也许是在今晨的露珠世界里，为了充分获取水分和清净氛围，进化为异类，我似乎看到了它那尖锐的脚爪之间已经长出了水族的蹼，恰似《未来水世界》中的鱼怪主演。

没有人意识到它是先行者，多数人认为它是落伍者。

今晨的这只长尾鹊，保持了最大限度的独立，那小小的身体引擎，就是弹奏天空的拨片，我忍不住用喻体唤它——异名者。仿佛一只鹊就是一个集体，仿佛它从未被夜宴孤立，晨起而来，赶赴我。

我用我的独我，与它相遇。

仿佛我的诗歌中的某个意象，居于意象核心，而被众多意象美妒。鹊鸟拥有众多长得像它的雀和燕，却不曾有任何一种孤独像它。群，则江湖；派，则庙堂。做一只横着飞的鹊，克制的是群，克服的是派。

有一段时间，老街上的流浪猫突然多了起来，让我隐约担忧孤鹊的未来。似乎，看似温顺驯良的猫，就要向这只孤鹊发起围攻。我领略过猫的残酷和不近人情，那种抓捕和撕裂。我曾经在雪地上用竹筛子捕鸟，把捕获的黄豆雀用背篓盖在堂屋，然而，当我返回的时候，发现残羽纷飞，我家的猫已将几只黄豆雀尽数残杀。

那么，眼前的这只孤鹊，会怎样逃脱现实世界的厄运？

然而我错了。流浪猫虎视眈眈，觊觎的根本不是孤鹊。

孤鹊时刻保持着警惕，随时都在蓄势，准备起飞，弱势的地位和危险，让它更注意防范，从未放松和麻痹。流浪猫数次攻击未得逞，转而攻击那些躺在温柔乡里的幸福之鹊。那些自大的、慵懒的、装得像贵族的鹊鸟，偶尔会被猫抓捕，而后被大快朵颐。

今晨我关注的这只孤鹊，躲过了眼下的危殆。明天怎样不得而知，但我相信它的身体抱恙并不影响它的灵魂高傲和心智成熟，它会在不被公平对待的生存环境里训练出不凡的保命技巧。

人类在生存压力之下，往往会心态失衡，有的赶着去活，有的赶着去死。赶着去活的，紧促而又冒险，常常铩羽而归，这时候，慢悠悠地活着，自得地活着，像王维和豪לנ那样活着，就会显出格外的珍贵来。这些精神的贵族，他们活在意义中，更活在意趣里，活在中国或是欧美诗歌美学的河流里。他们创造了意境，而将语言推向了生命本体，诗和人一体，成为中西都尊崇的翘楚。

这只独立的鹊，像诗人那样，拥有了进阶的思考。它的语言中，既有"神经性进化的诗歌"，也有"修行性进化的诗歌"，于是它的行为方式与别人格格不入。

赶着去死的人，把安逸当成了终极的追求，而又被安逸反噬，生命和思想均处于危险和枯竭，而浑然不觉，它们中的逸乐之鹊，如今正面临着"弃儿"的攻击，实际上，这种鹊是自失的弃儿，与流浪猫同类。

原罪之鹊

我从意象群里辨别一只原罪的鸟，它周围的意象大多是判词。

把这只鸟叫作"鹊"吧，它不具有普遍意义，但是个性很突出，它的羽毛可以做我的蓑衣，它的美，可以做我的信仰。

它的美，便是原罪。

它如是雄鸟，便会为健美过度而遭到群雄嫉妒，它因为力量而成为领袖，而会被后来鸟挑战。战还好，尊严之争，而往往是阴谋和陷害，担责者死。那领头的长尾鹊，一定不会永远是同一只，一定经过了杀伐和对决，而后换位。

鸟性中的神性，在本能中的温柔细节里，比如爱与巢，孵化与养育，救助与谦逊。

它如是雌鸟，便会因为优美过度而被诟病、诋毁和攻击。会被羽毛和唾液淹没，会因为写出好诗而被说成是借助了外貌，会被无良自媒体诬蔑为勾结了权力，会被网络暴力裹挟为众口铄金的牺牲品。

它们高处的巢，在等春水，这就是命运。覆灭。我们都明白自己的结局。翻检自己的羽毛，便是一只鹊的修行，一些新羽，从伤口处长出来，残羽落到体外。脱离自我，便是新的进入，生命只有一个身体，生命的停止，只有一个体外，体外也是有限度的，曾经被称为寂灭。

原罪会让鹊和诗人们，都经历过山车的心理体验。

鹊鸟不断地把自己的角质和毛质，送进寂灭里，从恐惧到平和，是一个不断疼痛、悲伤、抽搐和健忘的过程，同类的打击，变成了馈赠。面对死亡这种必然，鹊鸟经受的每一次痛楚，都像是质疑，质疑多了，便隐约自解，获得了答案。

于是它们那样无所顾忌地掠飞，又无所事事地停驻，似乎通达了，也似乎通灵了，一只鹊就饰演了诸神。

每天晨昏我见到它，都像是抄经。

逐渐地，长尾鹊出现在广场和中山四路，都是准点的仪式，我得在早八点和晚六点，准时洗心，对抗空无。它像是抑郁症患者，朝另一只鹊走去，远处，还有三五只，它像是一根枯草，返青，也像是一个大赦后的囚徒，见到了族群。

鹊的上下阕，或奖赏

我和这只鹊的关系，是上下阕的关系，我们之间，隔着的空行，便是我们无法逾越的造物的规制。

我的大女儿进入了大学，我的小女儿降生了。

我还在操劳，还在为鸡零狗碎而放弃一生中重要的著作权。

当初，我迎着晨曦送女儿进入学校，与长尾鹊们打招呼，我会用我目力所达不到的心力的长镜头，与它们同框、互拍。它们用小小的瞳孔软化我、抚慰我、犒劳我。当我蹲伏在美术馆外的台阶上蹭网的时候，一只长尾鹊轻轻地飞过，落在我的手机便签里，被我写成一首诗。这首诗让我获得了陈子昂青年诗歌奖。我去遂宁领奖的时候，在圣莲岛上见过一只长尾鹊，定是从我的手机便签里飞出来的那一只，它应该获得奖赏，而我不过是代替它上台举起奖杯。它一定在远处默默注视着我，心中的窃喜不足为外鹊所道。它日行五百里，从重庆赶来，在水边的林间，用最优雅的那片羽毛，祝福我。当然，也祝福它自己。

现在，小女儿已经四岁了。我从中山四路、华福巷，辗转到了九滨路。九龙坡绿道上，会时不时跳出一只长尾鹊来，飞越铁丝网，落到成渝线的铁轨上。

这是一只习惯了震颤和轰鸣的长尾鹊。

它厌倦了黄葛树过于巨大的阴影面积，它要去阳光中采风，去钢的音乐中体验奔驰的快感。火车远远地来了，它也见惯不乱，向我教授什么是宠辱不惊，什么是危局面前镇定自若。它会恰如其分地飞起，在火车的前轮边舞蹈。在速度和惯性中找到自身的平静，在后撤步里演绎中年的进退术。

我还见到大雨落入长江，落入鹊巢，落入它们的绒毛却无声无息。大雨善待了它们，把击打的力量消弭于无形。当然，这也是鹊鸟本身的卸力本领，是它们应对灾难的沉静和自如。

长尾鹊们一次次奖赏了我。

我在写白鹤的时候，曾迷恋它的"大雨半边天，独鹤满天"，那种盛大的飞翔足以将天穹整个占领。而鹊不能，鹊的飞翔短暂而又低迷，似乎贴着大地，似乎无意争宠。鹤鸟已经被我封神，然而鹊鸟引起了我的犹疑。它们更应该是鸟和神之间的"灵"，我愿意把"神灵"拆开，而赋予鹊鸟"缥缈的意义"。我获得比诗歌奖更重要的精神奖励，以及诗歌"命名"的冲动和实践。

我在小女儿为我写的下半阕里，向鹊鸟借鉴了新的手艺：化工巧为守拙，化紧张为散漫，化表象处理为哲学处理。

万物有灵，万物有理，万物有道。

鹊的修辞手法，或致歉的艺术

我的一生，活在巧合里。

我是一个数数的人。在中山四路的夜里，我数着数着，就数出了幸运星。它孤绝地闪耀，意味着我会得到庇护。

有时，我数着数着，就数出了闪电。意味着我要忏悔、救赎，和来自天外的振动频率保持人格的一致。

还有时，我在中山四路的黄葛树下数数，等着女儿放学，倒计时的读秒里，突然一滴长尾鹊的体液击中了我。我感到肩头发烫，这种概率，相当于中奖五百万，亦可视为来自天空的问候。这让我联想到自己在小县城的滨江步道上行走的时候，被飞驰而过的大卡车轮胎激起的飞石击中右腓骨，造成骨折，所幸没有击中要害。这种概率，我视为"道"原谅了我的过错，而用小小的惩戒提示我：道在，不可违心。

长尾鹊与我交集中的巧合，是它们精准的修辞。

它出现了，我目力所及的范围，才真正成为视野，它逐渐缩小这片旷野的半径，开始是飞，后来是跳，最后是挪，靠近我的时间很短暂，它嘴里像是含着一个虚词，吐出来便是叹息。我在设法靠近它，隐蔽、整容、智能化，均无效，它均会以鹊的避让方式，躲过我的介入，最后我木然不动，将内心的焦距旋转到了极限。

一旦与这只鹊相遇，我们便共同构成了一个第三世界——鹊和我之间，那段迷幻的距离，若即若离，小到咫尺之间，大到永无相交。它尽情伸展长尾的时候，亦可学孔雀开屏，将尾羽铺展，这是寥寥几笔白描的开屏，这是我噤声，再不向这世界做非分之想后，单色调的开屏，删繁就简的开屏，我加入鹊的荣耀之中，风也加入了，黄昏也加入了，之后它开始变得黯淡，横亘在黄葛树的枝丫间，无人懂得它向鸟世的致歉。

但它对我的致歉，我听到了。

它说：对不起了，数数的人。

它还向敌人致歉：抱歉啊——围捕者；抱歉啊——小人。

尾　声

暮色中，鹊鸟声音鼎沸，其中包含着鹊的遗言，由于太过低沉，而被杂音淹没。我抬头看着夜幕，这鹊鸟的辽阔故居，没有找到什么破绽，我用步行隐没于人世，而长尾鹊用飞行，追逐更快的隐没。

也许我会再邂逅这只鹊。莫名，也会再碰上不测。

互相溺爱而又互相否定，在婉拒中，长尾鹊，穷尽恒温的一生。

拜泉记

桥面中间凸起，两端顺势下沉，而后又微微翘起，流线可谓一波三折，富有动感。桥拱也只有一个，横跨河上，弧度不大，舒缓，恰好与南泉的慢时光和旧时光吻合。

一

泉为水的婴儿，于是单纯地成为江河之源。

重庆南温泉，则是被重庆人救出的双胞胎婴儿，散发着热气的、感受得了体温的婴儿。一个叫大泉，一个叫小泉。

在我的老家，也有两个泉眼，一个叫左泉，一个叫右泉。我曾在诗中这样写道：你如来我的村庄，我会用泉眼看你，/左泉枯涸，还有右泉。

在我的心里，安静是村庄的独子。左泉和右泉，是村庄的孪生。

山泉在我的生命里，是感伤和困苦的外在形式。小时候，山泉的海拔高度比我父亲低，比我低，比晨曦和暮色低。低处的山泉，要进入我们的水缸，需要父亲和我，一桶一桶地挑上来。我常常喟叹，我的身体里没有一个水泵，可以将泉水直接引入家中。所以，在清晨或者夜幕降临的时候，逼仄的山路上，常常有一个十几岁的孩子，挑着水，晃晃悠悠地向上蜗行。从泉眼那里盛满的水，到了家，往往只剩下一半。几乎每天，我都在将水从低处运到高处。我的信念就是，总有那么一天，我有一个突破物理学极限的连通器，将山泉水，从低处逼起，涨到高处。我愿意躺下来，成为山间最为耀眼的明渠，让泉水流经我，抵达深空。我的理想是，总有那么一天，水往高处流，人往低处走。

在缺水的家乡，我的左泉和右泉，是神圣的存在。每次回家，我都会在泉边伫立良久，像在拜谒大地之灵。

二十多年后，我迁居重庆城区。

偶然的机会，我听说了重庆有北泉和南泉。遗憾的是，宅居数年，无缘面见。

一个更偶然的机会，我来到了南泉。像拜谒一个陌生的大地之灵，我满怀敬畏和惊奇。

二

温泉是大地的热泪，水往往无端而来。

作为一个自然崇拜者，我的感动往往不需要理由。人在极度快乐和极度悲伤的情况下，向这世界溢出的是液体，是情感的水，是自热和自焚的水。

重庆向世界溢出温泉，也不需要理由。

我面前的南泉，在这个冬天，比这个世界，略高几度。来看南泉，我得净心，剔除思想的水垢和情感的水渍。我得把自己的幼稚指数调到最高，我得和婴儿保持一致的单纯状态。活得简单，这就对了。南泉的水，其实也没有内容，只有温度。

有一个长者说：南泉是幸运的，在物质化的喧嚣时代，泉水没有被幽禁起来，成为私有财产，而是保持着亲民近民的旧有状态。

是的，南泉大美，美在所有人都能看见。美不是小众的，是大众。自然的馈赠为天下共享，则大善。善者利他，救赎世人。

是的，幽禁人容易，人自我幽禁也常有。但是要幽禁灵气四溢的大泉和小泉，几乎不可能。温泉是水的节日，而它们每天都在诞生。在水中蹲坐抑或游动，我们便成为节日的一部分。

被南泉水亲近过的人，是接受了地球琼浆般祝福的人。

印度人将恒河水敬若神明，人死后，会将骨灰撒进水中。神话传说中认为：人的遗骸一旦接触到这条伟大的河，他的灵魂就会得到永恒的拯救。作家阿图·葛文德遵照父亲遗愿，将父亲的骨灰撒进恒河的时候，自己也按照梵学家的要求喝了三勺恒河水。而他知道，恒河既是圣河，也是污染严重的河流，之前他就服用了抗生素，用以对抗有害菌，但是他忽略了寄生虫，因此感染上了贾第虫。

而我们的南泉，是那么纯净。

在南泉沐浴，就像是荡涤内心的尘埃，一切都变得宁静和安然。

这得益于南泉多年的低调。这里是幸运的，没有被过度开发，没有被人为破坏，还保持着数十年前的样貌。

另一个长者说：南泉曾经是重庆人的宠儿，但是经济高速发展，这里渐渐被遗忘。

南泉静美若处子，这不是拜人们"遗忘"所赐吗？

三

南泉与我家乡，竟然有惊人的相似。这偶然的拜谒，竟然有奇妙的感应和契合。

难道，我与南泉，也有难以说清无法道明的量子纠缠吗？

我家乡的泉眼名为"左""右"，南泉的泉眼名为"大""小"，这两者融汇在一起，就是扩大化的空间和时间，就是收容我的宇宙。泉眼虽小，人世却是辽阔的。我以"左""右"二泉为人生的起点，向山外走去。我从小就会双手互搏，左右平衡，陡峭的武陵山，我也能如履平地。现在，我以"大""小"二泉为人生的中点，中年的铁石心肠突然柔软下来，似乎突然之间得到了抚慰，一条花溪静静地熨帖于心，并对灵魂进行着缓慢的拭擦和净化。

我家乡有天然盐泉"飞水井"，南泉有"峭壁飞泉"，仿佛冥冥之中早有暗合和启示，只是我需要蹚过少年的河流，穿越青年的迷雾，破除中年的执念，才能在这里遇见它。

郁山镇飞水井为古法制盐的泉水来源，亿万年来，飞珠溅玉，在中清河边的悬崖上飞洒，以其天赐之美，赠予武陵山中万民，这里因为盐，成为深山里的繁华富庶之地。今天，当我仰头，看到花溪河边的悬崖上，凌空飞出两条白练，与家乡飞水如此相像，不由得有些奇了。我突然想到二维平面甚至多维空间。我的少年与我的中年，我的飞水井和我的南泉峭壁飞泉，一定在产生某种关联。刹那间，我的思绪飞到了《星际穿越》，那个远行的父亲与小女孩的呼应，其实早就在某一刻细微的响动中产生了，只是他们早前浑然不知。当然，我与南泉的飞泉，也早就有过呼应，只是我方年少，不知人生辛苦和世事多变，当然更无法贯通生死，打通自己思想的任督二脉。

我没有在但懋辛所书"飞泉"二字前留影。据说在这里留影是很多重庆人的青春回忆。这两个字法度严谨，遒劲有力，全然没有峭壁飞泉的灵巧和飞动。一看就是重拙之人的内心书写，让人心生敬意。我已经很久不愿意随便在某处景观前留影了。我愿意把自己对自然的膜拜和感应留在那里，而在形式上无痕无迹，然后我企图用文字来留存和纪念，用精灵化的汉字来呈现某一刻的心颤。

那么，我在南泉感受到某种心颤了吗？

四

人生最让人心颤的，是爱情。

在南泉，无须爱的教育，我也会深深地理解那些在这里获得爱情的人。

有一位长者说：他们年轻的时候，南泉是恋爱圣地。

我不知道他是不是在这里捕获美人心的，可以确定的是，这里的一草一木都与人的情感产生过互动。美的力量和善的力量，加上关乎爱情的真的力量，南泉，是重庆曾经的青春动力源，是积聚至今的重庆能量场。南泉，是一幕幕宽屏电影，一帧一帧地，向我们缓慢地播放着几个时代的倾城之恋……

"甜蜜蜜／你笑得甜蜜蜜／好像花儿开在春风里／开在春风里／在哪里／在哪里见过你／你的笑容这样熟悉／我一时想不起……"当我听身旁的长者叙述当年南泉的男女青年恋爱的故事时，我的耳畔仿佛响起了这首动听的歌。《甜蜜蜜》，一个时代的爱情颂歌，当然也是爱情挽歌，无论是亲身体验还是追忆冥想，这种对爱的神往和闪回，都是令人心颤的。

邓丽君的歌声无疑是令人心颤的，然而，对我来说，最令我心颤的是庄奴的歌词。慢慢回味和咀嚼，会五味杂陈，一番感慨也会涌上来。

庄奴与南泉，便有着刻骨铭心的情缘。三十多年前，重庆女子邹麟在南泉见到了庄奴。庄奴的名气如日中天。当时在华人圈中曾流行这样一句话："有华人的地方就有邓丽君的歌声。"而在乐坛同样流行这样一句话："没有庄奴就没有邓丽君。"邹麟没想到会与庄奴走到一起。后来，庄奴与邹麟又见面了，地点还是在南泉，这次，这对有缘人碰撞出了爱的火花。庄奴很直接地表达了希望与邹麟共度余生的想法。邹麟完全被庄奴的传奇经历和真诚直率所感动，几乎是毫不犹豫就答应了他。

一个大才子、歌词大家，在这里觅得心中所爱，南泉善莫大焉。

五

雨后，虎啸泉的声音里，不仅有着虎啸般的激荡，还暗含着龟跃般的太息。

激流似虎，沉石如龟。一动一静，一扬一抑，都有着自然的自我平衡和相互制约。

林森的听泉楼就在这里。

即便是一个静笃的政治家，内心没有一点呼啸，也是说不过去的。无权谋，不可能做到身居高位，而权谋之中独善其身，则是大智慧。

那么，他是长期在思想里进行虎啸和龟息的博弈吗？

有没有人觉得林公龟息过多，而虎啸不足？我想，龟息之上，虎啸犹在，不然何以在他任参议院长的时候，孙中山和袁世凯都有被他否决的记录？

龟息，为道家呼吸吐纳修炼之道，当然，我觉得亦可成为政治家入世出世的法门。林森常年居住在听泉楼，既积极有为，又清静无为，在中国人的阴阳平衡之道中，度过传奇一生。

我们来拜谒此楼的时候，细雨丝丝，像是在绵密而又温柔地提示着我们：这里，是智者的故居。上楼的石板路稍有湿滑，一些青苔像是含有古意的山的表情。公路无法直达，我们猜想那个老者是如何攀爬而上进入楼中的。"可能是坐滑竿上去的。"有人说。因为他已经年老，蹒跚不便，坐川渝地区极为实用和流行的滑竿，是极有可能的。但是，我仍然愿意相信，老人家是步行上下，轻车简从。我们在楼上见到的被称为"镇楼之宝"的林森拐杖，似乎便是他步行山间的佐证。

六

据说，铧园弓桥在修桥之前，那里有一个拉拉渡。

我的武陵山腹地，重庆边城古镇和湖南茶峒古镇之间，平缓宽阔的清水河面上，有一条横亘两镇的钢索，一条木船系在上面，手动拉扯带着凹口的木棒，船就会慢慢动起来。沈从文先生的《边城》，使得这里的拉拉渡名动海内外。这里的爱情故事，更是感动和吸引了无数文艺青年。

我想，要是连通大泉和铧园的还是旧时的拉拉渡，那该是多好的事情。

好在，设计师在这里建造一座精巧而又富有文艺气息的石桥。其造型酷似一柄弓，那就称它"铧园弓桥"吧。

南泉的所有桥中，我最喜欢的是这座桥。

桥面中间凸起，两端顺势下沉，而后又微微翘起，流线可谓一波三折，富有动感。桥拱也只有一个，横跨河上，弧度不大，舒缓，恰好与南泉的慢时光和旧时光吻合。没有小拱，两端是桥面和大拱之间形成的通透三角。整座桥远远看去，仿佛流水张弓搭箭，也仿佛一种自然之力，被人工巧妙地释放出去。那种力，携带着时间的能量，真切而又无形地向着未来奔袭。

我有幸站在桥上，参与了某种时间的形成。凝固的时间和流动的时间，在我和我的周遭漫漶。

当然，我也成为被释放的、有形的身骨。

看得见与看不见，均在这里达成默契和妥协。生命和非生命，本质上都是经历诞生和死亡的过客。

在时间的旋涡之上，这座桥也渐渐老了。现在，南泉将它的影像转赠给我，我深藏其光影，像是典藏一种经卷，慢慢打开，而又缓缓闭合。所有桥与水，都在胸中丘壑，化块垒为柔情，乃至超越了虚无。

七

一生中最贴心的泉，是一碗水。

在我的武陵山里，被称为"一碗水"的山泉很多。

作为一名樵夫，我在负担回家的路上，停下来，匍匐下来，伸长脖子，将嘴凑近仅有一个碗那么大的泉口，咕噜，喝下一大口，是最为惬意的事情。

那种感觉几乎就是拯救。

而今，我已数年没有被拯救的感觉了。直到来到南泉，在五湖泉边，蹲下来，将脖子伸过去，一股温暖的水流经由喉咙，直入心灵，我才知道自己再一次被拯救了。

而这个泉，是一潭水，不是一碗水。

只是居住城市许久，数年没有山野之气的氤氲，突然见到五湖泉，一口，便有了悠远的久违的亲水的感觉。没有了泉，我生命的清澈度就下降了许多，生命的浑浊度就提高了许多。现在我小心翼翼地饮着五湖泉的水，身体仿佛一下子就轻盈了许多，通透了许多，纯净了许多。

自然万物均可为亲人，泉水是亲人中的血亲。

几天后，我深入贵州深山，在一条从溶洞涌出的河边，和一群孩子一起聊诗歌，教孩子们写诗。我问了孩子们两个问题：地球上地表水的面积占总面积多少？答：百分之七十一；人体里的水占人体组成的多少？答：百分之七十。这两个百分比如此相近，如此具有神秘的呼应。

于是一个孩子的诗歌是：地球上水的面积占总面积的百分之七十一／人体里的水占人体总量的百分之七十／所以我爱地球／就像爱我们自己的身体。

是的，地球皆我，草木皆我，水土皆我。五湖作为南泉人的饮用水源，当然是南泉所有人的"我"。

常常，我将汉语的"渴"字，臆想为：烈日下的一个人佝偻着身子，靠近水源。

对少年的我而言，便是靠近"一碗水"，对中年的我而言，现在，是靠近五湖泉。确乎，在濒临枯竭的时候，被拯救了。一个樵夫，变身为一个诗人，终日与文字为伍。我渴，浩浩荡荡的文字队伍，更渴。

确乎，我的文字更需要拯救。

拙石颂

它的体形折磨过我的诸多词语，玲珑、修长、匀称、圆润。我会从它圆弧形的腰腹，看到它逐渐消失的触须，然后停留在巨大的想象里，它是一只在石头里睡着的虫子，石头让它变成了石头。

引　子

庚子年冬天，外公以九十三岁高龄仙去。

外公生前是一名石匠。其实他是一名石匠中的雕刻师傅，是拨弄石头的"艺术家"。只是在向别人介绍自己的时候，他会很谦虚地说：李国文，国家的国，文章的文，名国文，不懂国文，更不会写文章，我只是个石匠。

他是为神灵黥面的人

那个错手把墓碑上的神像划出了痕迹的雕师
是我的外公

他是为神灵颜面的人

——《古镇匠人》

外公一生与石头为伍，石头是他的衣食父母，石头也是他的儿女，石头还是他的知己。当然，石头也是他的敌人。

童稚时代起，我就经常在黄泥坡上，看到他藏身于石头之中，脸上沾着一层灰尘，蹲伏着，缓慢地雕刻石头上的每一个图案和汉字。他心无旁骛，在晨曦中隐身，直到暮晚，沉浸在石头的世界里，仿佛雕刻的是时光，是生命，是自己的心灵。

他首先要选取村子里上好的页岩，页岩薄薄的，一层一层的，便于切割打磨，还不易折损。它们有倾斜的取势，不是四十五度朝地，就是四十五度向天，最顶上一层，往往孤悬，显出危殆，而轻震不落。石头与村庄成天然锐角，滑落下来轻而易举。

他一生都在违天道，违自然之道，把这些石头，从原来的位置取出来，耗费大量时间，为每一块石头"封神"。这个过程完成之后，他似乎又以一己之力，把对自然的索取，变成了对自然的馈赠，他内心有满盈亏欠，手下有残缺完美。他用精细的技艺实现了这片山坡的奇妙平衡。

如今，取石头的顶盖，揭石成碑，仅需要电锯，那把我引以为器具之首的老錾子，外公的家当，像一截被磨损过的时间简史，躺在他的工具箱里，已经很久了。

把石头分层，我不知是不是海洋干的。一层石头睡在石头上，又一层睡了上去，我不知道这是不是叫沉重。外公是知道这种沉重的。他尊重这种力量的压迫感，而用钢铁的利刃把它们慢慢地撬开。我在村里住了十多年，从未想过自己也睡上去，由于太过卑微，我害怕去离天更近的地方。有一天我看见麻雀睡上去了，我不知道，那是不是叫作轻盈，或许麻雀在顶石上的出神，是高贵的，也或许，它仅仅是因为饥饿，才去了高处。有一天，我看见外公也睡上去了，像麻雀那样，也很轻盈。他在顶层上休憩，入睡，鼾声传来像是在传递蓝天的信息。他睡了一会，一忽儿翻身下来，像一块石头轻轻落在大地上，而后又开始凿石头。

外公不是需要石头，他只需要石头的一个截面，它满是凹痕和凸起，像是层石之间的咬合，或者叫吻合。木头这样的行为，叫作"榫卯之交"，石头这样的行为，叫作"唇齿之交"。我们要把这样的层面，变成截面，无非就是去掉它们的咬合，或者吻合。外公是一个高超的整容师，他懂得石头的经脉和内心，因此他小心翼翼，像一个对村庄犯错的肇事者，动手前，反复抚摸这一块石头，像爱，也像祷告。

每一块石头的层面、截面、平面，在外公的手掌抚摸之下，都是柔软的。

像是他自己的面子。

他要精心地打磨它们，让这些石头，渐渐成为某一位神灵的表情，呈现人力所不能抵达的美和善。我知道石头的老幼，抑或是尊卑，在一名老石匠那里，是伦常，是"道"。他似乎洞悉了另一种时间，用远古都不足以描述。可他的手指，无数次去过那里。

他的石头面子，有的粗点，粗到我能看见它堪称母体，里面尚有另一种石头做的纤维，在游弋；有的细点，细到我误以为是石碑的裂隙，可它们有韵律，有动弹的迹象。这些石头截面上的痕迹，被科学称为古生物化石；被外公称为"石疤"。他说：石疤好，是块老石头。那些年，我会趴在外公磨平的石面上，好奇地欣赏天然的石头艺术品——那些有着美妙身段的古代小昆虫化石。

它的体形折磨过我的诸多词语，玲珑、修长、匀称、圆润。我会从它圆弧形的腰腹，看到它逐渐消失的触须，然后停留在巨大的想象里，它是一只在石头里睡着的虫子，石头让它变成了石头。一块小小的母性的石头。袖珍版的骸骨之美，源于低调的白色。这是真正的白骨。石质的白骨，与石头的青色，形成了绝配，那意味着两种时间，一种包裹另一种，也意味着两种骨头，一种包裹着另一种。老石匠要做的，就是从中，吸出髓来，我要做的，就是停止，对骨头的想象。

它从海洋里来，到石头里去，再到墓碑上，被看见，被磨砺，被当作修饰。它是最后被风化的石头，当名字变浅，消失，它，作为有体温的石头，坚持到了最后。有时候，一个它，恰好出现在墓碑的一个字上，躲避不及，便碎屑纷飞，被老石匠，用一把平錾，削掉，代替它出现的那个字，成了石头的另一个意义，一个不完整的意义，有时候是姓氏，有时候是名字，有时候是虚词，但从来不是一个标点。它运动到墓碑的显要位置的时候，多么希望自己无意义，多么希望，自己是一个空白。

然而，有的石头是有欺骗性的。石头往往会成为外公的敌人，数次考验和折磨他的敬畏之心。原本看上去上好的石材，常常会有难以觉察的杂质和缝隙，它们会造成外公心中神灵的破损，让数天的功夫前功尽弃。因此，仔细辨析一块石头显得尤为重要。裂隙往往看不见，抑或是看得见纤毫，吹灰尘的时候，裂隙仿佛就在动。这时候，老石匠需要一点水滴上去，有点像是滴血认亲。裂隙，渐渐露出深黑的底色来，蒙尘的时候，会形成一线水渍蜿蜒而下。裂隙会说破就破，一块石头就废了，一个优雅的平面就废了。

只不过，对于外公这样技艺精湛的老石匠来说。神灵的破损往往会带来另一种命运的转机。裂隙的形成，不是运程有了线条，不是石头老旧，而是石头有了新面孔。边角料，有时会成为一座墓碑的向山石，成为指向，成为石头中意义的代表。外公会变废为宝，变旧的残缺为新的完美。

打磨好石头的平面之后，外公要给石头上漆了。给光滑的一面，上黑漆，一把刷子就够了。不需要多么精致，不需要多么虔诚，有时候他需要先给石头，上一把火，烤干；有时候他只需要阳光，以及一场小梦。醒来就可以刷了。他满头灰尘，满身污垢，黑漆沾身，状如旷野之中的孤绝灵兽，在刷完碑面后，他站直身子，一声长啸，把无法言喻的身体之气释放出来。

　　然后他要给碑面打上格子。用从朱砂窝取来的丹砂，放在墨盒里混合水，调至黏稠，又能被墨线弹开。他在手指轻轻拨弄之间，便把格子一个一个地弹出来。此时，老石匠从山间牵引出的线条，叫横；彼时，老石匠从山间牵引出的线条，叫纵。此时和彼时，交叉一下，就是方格子。再交叉一下，就是网格子。老石匠的每一个格子里，都会住进去一个字。老石匠的网格子里，住进的是一个人的命运简历，被称为墓志铭，或控告书。

　　我有时候会要求做一名小石匠。我内心那点动静，被冷峻的石头发现了。学徒最难学会的是，定出碑面上的中轴，尺子不能解决年龄和孤独的问题，我的颤抖，往往与自己的偏向有关，不是向左，就是向右，一个没有来得及恋爱的少年，很难做到不偏不倚。黄昏，我学会了在墓碑上打格子，标记，删除，清理，像虚妄那样。

这些格子里，会刻上我反复摩挲、反复欣赏的字。有时候是外公自己写的，有时候是请先生写的。无论谁写的，都是对幼年的我的美的启蒙。

碑面只容得下方和圆，完成的方格子，往往只能完成一场叙述，比如碑序。而祝词进入石头，便会借用圆，靠近永恒。比如"松柏常青"这四个字，在碑面顶部，只能取圆形，呈顶弧状，字体放大，显赫；关于活着的幻想，比关于死亡的现实，面积更大。这不需要圆规，只需要一个土碗，覆盖上去，绕着画一个线条，就可以装下那四个字了，就可以，在石头上，让一个比喻，成为祈祷了。

碑面是亡灵的自证，所以需要最先备好，雕刻时也极其小心，不能错漏，不能破损。而辅助碑面，让整座墓碑得以成型的构架，往往更粗犷。

外公要雕刻一枚大小轻重恰到好处的望山石。它由于高居头顶，而会为飞鸟驻足。这唯一可以独立卸下来的石头，就连不断生长的千年矮小树，也动摇它不得，根，从来不到高处去，特别是坟墓的高处。我，从来不到高处去，我怕看见跪拜的人间。而一名老石匠，必须到高处去，他要将另一世界的中轴线校准，要把人间的祭奠，调整到最为符合山脉走向的角度。

他还要雕刻"爪"。其实它更像是翅膀，老石匠叫它爪，左边一个，右边一个，身具飞行的波浪，延展开去的波浪。翅膀里面，装着鱼，简单的图案，有了天上，还有了水里，而这个奇怪的爪，可能关乎大地。我是一个异想天开的人，却不及外公更能异想天开。特别是当他具备了艺术化的手艺，就会为死难者予以想象力的祝福。这个爪，堪称"封神"的结果，从未见过的物象，水火风雷，以及稼穑渔获，都像它。

他还要雕刻"向山石"。远处的山峰虽小，却可以搁笔，据说叫作"笔架山"。实际上可能叫作"猴子山"。这块石头的存在，指向就有了吉祥的意思，它不仅包含远方，还包含未来。有可能是三个字，比如：申山寅。有可能是四个字，比如：申山寅向。我小小的村子，既是四面，也是八方，我的亲人们，可以把这些方向用完，还可以把别人的山峰花光，把脚步去不了的地方，放在朝向石的前面，用几个字，奔跑而去。

他还要雕刻"盖瓦"。把石头做成瓦片，为神灵和亡灵遮阴，或者挡雨。我的亲人们死后都上有瓦片，如果数得过来，可能有千片瓦。老石匠雕琢的寒石成为瓦状，连绵不绝。老石匠的墓碑不能没有盖瓦，他的每一个雨天不能没有破帽。他雕琢得很细心，每一片，都要露出光滑的背脊，所有背脊共用一个腹心，看不到的腹心。只有老石匠的錾子，看到过，炫技，有时就是点到为止，让我也看不到。

他还要雕刻"拜台"。新泥松软，有一个深深的凹痕，有人长跪不起。换成石头，变成拜台。石头，也需要一个凹痕，一个人的膝盖，无法完成，许多人的膝盖，也未必能完成。一个村庄所有悲伤的力量，都在那个凹痕里。

当然，最主要的还是"主碑"。主流，不过一条，主碑，不过一行，石头越宽越是寂寥，写什么都是对的。在村里，人的一生，谋求一块主碑；在村里，一个村庄，只有一条主流；把墓碑立在江边，一块主碑，就有了一条主流。该动的不息于流淌，该静的不舍于昼夜，我在这里，不语。于身旁一条小河，于笔下一百主碑。一个老石匠，伫立在主碑旁，也无语。我只能猜测，他想到了什么。也许是在用两千多个汉字，默默地念诵一篇祭文。

有时候，神，就是一种想不到，或者意外。

外公的技艺就是将这种"意外"进行到底。他会赋予墓碑上臆想出来的神的表情以丰富性。就连他们的体态、眼眸、衣袖等都有数十种变化。

然而这一部分里也有最细腻的雕工，在石头上，用叙述性的线条，对一个故事进行呈现。比如"二十四孝"是外公雕刻得最多的。

孝感动天、百里负米、卖身葬父、卧冰求鲤、弃官寻母……我想每一个孝道故事都被他雕刻过，每一个故事都被他用石头演绎过。我不确定的是，他是否能在"石头语言"

里讲清每一个细节，但可以肯定的是，故事一定是用细节讲出来的。石头造型中的细部镂刻，看似静止而又笨拙，但是用形象也能叙述出整体的情节。这依赖的就是细节的张力。外公显然洞悉了一切语言符号艺术的本质：用形象说话。

外公最喜欢雕刻的是"百里负米"。他会一边雕刻，一边微笑着向我讲述《孝经》：周仲由，字子路。家贫，常食藜藿之食，为亲负米百里之外。亲殁，南游于楚，从车百乘，积粟万钟，累茵而坐，列鼎而食，乃叹曰："虽欲食藜藿，为亲负米，不可得也。"现在想起来，他竟然能背诵，实在是他们那个年代的高级知识分子。当然，这种能背诵也有偶然性，我想原因无外乎是：米，是经过饥荒之年的人最为刻骨铭心的记忆，背米养家，最为朴素，是当地亲人们最容易接受的、最浅显易懂的、最具有教育意义的碑刻故事。

"伦儿，我给你讲个故事。背米的故事。"

外公停下手中錾子，坐在石头上，点燃一支叶子烟，吐了几个圈，然后慢悠悠地给我回忆起他当年的传奇经历：

"灾荒年，我到湖北大路坝去借米。"

"米还可以去外省借？"

"是啊，湖北收成好，我们去借米，承诺来年加倍还。在去的路上，天黑了，我在途中的一个石洞里过夜，因为太困，很快睡着了。第二天早上醒来，发现身旁有一具死尸。我竟然挨着一个死人睡了一夜。把我吓惨了，但我还是故作

镇定地去了湖北，背回了几十斤米。回家后，很长一段时间都会想起那个死人。"

"你知道我为什么要雕刻很多背米的孝道故事吧？"

"嗯嗯。"我似懂非懂。实际上直到今天，我也没有完全弄明白他的意思。

我是为村民写墓志铭的人

我成为诗人实在是偶然。

我的必然应该是成为一名石匠。

在石匠的主业之外，我应该成为一名业余的"写碑者"。

于是，偶然与必然之间，似有某种血缘传袭，命定我必须以"写碑之心"去写诗。而我的诗做到了这一点吗？显然，没有。

1996年，我从酉阳民族师范学校毕业，来到诸佛寺完小教书。因为写字有些"规矩"，我这个"土秀才"常常被周围几个乡镇的人们请去为他们写碑。在他们亲人的墓碑上撰写和书写生平序言，也就是墓志铭。

不像司汤达墓志铭"米兰人亨利·贝尔，活过、写过、爱过"这么简练而深刻，也不像辛波斯卡墓志铭"这里躺着，像逗点般，一个 / 旧派的人。她写过几首诗"这么诗意。村子里的人们往往更在乎被记录和流传，平静的一生也要用很多文字来表达、来展现他们的不平凡。我也常常绞尽脑汁，写出他们各自不同的命运轨迹。他们的命运大多类似，一篇墓志铭的模板就可以用于很多人。然而我不能，我要让他们以不一样的面孔，活在石碑上。所以我调动了很多诗人才有的语言，用诗歌般的句子，来录下他们幸福抑或苦难的一生。

诸佛村的边缘，坡度渐大
在这里写碑，有时候，需要跪着

除了沐手，焚香，对一块石头足够的尊重
就在这个姿势上

由于跪书，我绝不可能用章草、狂草
也绝不可能把对生者的轻佻，用在死者处

请我写碑的人，有时候
会取下他身上的棉衣，垫在我的膝盖下

我挪一下，他们就去挪一下
而这个简单的动作，他们只对父母做过

在我的诸佛村，如有一个花甲老者为你垫膝盖

说明你写墓志铭上百块了

说明你已经向陌生人下跪上百次了

向冰凉的石头下跪，上百次了

——《跪书》

每次写碑，都要沐浴净手焚香，要先将对亡灵的尊重，调至最高频率。即使他不过是一位毕生脸朝黄土背朝天的人，即使她连一个完整的名字都没有而被记录为"某氏"，即使他坐过牢或是当过叫花子，即使她名声不好，即使鳏寡孤独，都应该在死后获得基本尊重，一块石头是对他们的尊重，石头上我写出来的文章是对他们的尊重。所以，我在书写的时候，必须要有仪式感，不得随便，更不能随意。

黑石头潜伏在村庄里，等着一块白布，舒展地，轻灵地，蒙上来。诸佛村人，希望一块石头是干净的。我在写碑的时候，借此防黑漆沾身，并把内心的圣洁，再温习一遍。在我的诸佛村，要是你是一个写碑人，千万别拒绝一块白布。在我的诸佛村，要是你是一个丧母者，千万要准备好一块白布。

入冬，诸佛村有更深的冷寂，一盆炭火出现在野地上，寒彻心骨的石碑，渐渐温暖。我僵硬的手指，逐渐灵活，然后，我就可以开始写了：

"恭序……"

似乎，那盆火的出现，就是"恭"字的一部分，也是苦难序言的引子。那时候的我，很容易忧伤，并未勘破穷困的命运，因此我感激，那些死者，为我准备的那一盆火，似在照亮，也似在打开。我看见，鹑衣百结者，一瘸一拐者，都朝我走来。确切地说，是朝这一盆火，走来。中轴线上那一列字，要写稳当。不能用行书，滑了；更不能用隶书，偏了；正楷，是唯一的体式。写一个不庄严的字，就是一次亏欠，我对村庄的亏欠，不止一次了。为此我深怀愧疚，像一个逃逸者。我的天赋，就像我的罪过，集满一身。

写碑十年，我记得最清晰的五个字，就是：生老病苦死。我在写中轴线上那一列字的时候，要反复默念这五个字。最后一个"墓"字，必须落在这样的顺位上——生、老；必须避开——病、苦、死。生前遭罪，死后远离诸般苦楚。这五个字概括了诸佛村的人间，也超越了诸佛村的人间。

不写碑十年，我还在那五个字上念叨。

天下大寒，适宜写碑。大寒节，立碑日。1999年诸佛村极寒，我的毛笔尖，从未结过冰。一夜大雪，我的木房子周围净是大雪压断竹子的声音，仿佛是我诗歌中的一些句子有承载不了的重量，在纷纷折断。大半夜未眠，凌晨竟然沉沉睡去。然而睡意正浓的时候，门外有人踏雪而来，重重地敲击我的木门。

"张老师，请你给我写碑。"

我穿衣起床，透过窗花格子，看到一个和我一样瘦削的中年人站在阶檐之下。

然而让我意外的是，他要给自己写碑。

"你是要为自己修建活人墓吗？"我问。

"是的，就是生茔。我要趁没有死，扭得动，先把自己的碑修好。我只有一个女儿，但是很小就走丢了。我现在是一个孤老头。我死后，拜托邻居把我拖进生茔。要是我的女儿还活在这个世上，她就能找到我。如果我还不赶紧修好生茔，那么我死后，女儿就可能找不到我了。"我突然觉得这个人的墓志铭不好写，而且很沉重。我该怎么给他写呢？我让他先回去，枯坐在木房里想了大半天。

第二天，我去了他的生茔所在地，一个陡峭的山坡上。依旧是沐浴净手焚香，尊重这个活着的人，应该也和尊重亡灵一样；依旧是跪书，山势不平，不跪不行；依旧是他为我找来垫子，一件棉衣，并随时为我挪移；依旧是白布蒙碑，不能玷污他的脸面。

我写道：杨公胜成，生于乙亥，卒于未尽之时，少年擅射，为寨中猎户。及至弱冠，从军报国，退役后牧羊为生。妻早亡，膝下一女，于丁卯秋走失。后杨公南下深圳、广州，西行新疆，数次寻女未果。如蒙天怜，女当回归，见字如见父……

我写一遍他的碑序，仿佛，在替他，重新活一次。

接连不断的墓志铭，在凛冽中完成，其中一块，写好后即覆盖大雪。写完一个苦难的人生，天就下大雪。

他是为菩萨换骨的人

那个有意把墓碑上的火石，换成了石灰石的石匠
是我的外公
他是为菩萨换骨的人
——《古镇匠人》

外公十六岁时，患了疟疾，昏迷不醒，亲人们以为他不行了。就把他装在木匣子里，抬到山上准备掩埋，就在向坑里铲土的时候，匣子里有了动静，继而传出呻吟。他醒了过来。大难不死必有后福，他虽然一生贫困艰苦，但是高寿，算是奇迹了。

七十多岁的时候，他得了一场大病。召集亲人们回去为他送终。然而，他好好地活着，又活了二十多年。

去年腊月，眼看着就要过年了。哥哥打电话来给我说：伦儿，快回来，外公这次肯定是熬不过去了，赶紧地来送终。我赶回郁山镇上，一个表弟也到了。他要从镇上开始，走路

回村。我觉得可能还是坐车快一些，却不想被堵在半路。走路的表弟刚刚到外公家里不久，外公就走了，他送到终。我反而没有送到，这似乎就是天意。

我写字有那么一点功底，其实就是由外公启蒙的。

他成为"刻碑人"，我成为"写碑人"。

我们都是在石头上寻觅"神性"的人。他才是艺术家，我只是一个拙劣的模仿者。他是神性本身，我是着迷地用汉语言文字符号再现这种神性的诗人。

那天，我蹲在他身旁，听着叮叮当当地雕刻碑上文字的声音，突然对他说：我想写字。

他转过头，笑眯眯地说：写字啊，别找我学，找先生学。

先生当然就是有文化的老人。他也姓李，住在村里。他曾是一位私塾先生，娶过童养媳，当过教师。我找他学书法的时候，才刚进小学二年级。我学习写字的那段时间，其实也比较平淡，没有多少惊奇和兴奋。倒是有一次，外公告诉我：先生家有两本《易经》，你去借来读，然后你就可以算出自己的未来了。

这让我大感兴趣。但是，没有借到。直到我进入师范学校，先生觉得可以放心借给我了，才让我如愿。当我摩挲着手里两本光绪年间的泛黄的《易经》线装本，觉得那种神秘终于被我体验到了。然而我并未弄明白里面的文字，迄今为止也只记得简单的诸如"两仪生四象，四象生八卦"或者"见龙在田，利见大人"这样的句子。至于它们的含义，我实在没有兴趣去研究。我觉得，只有写诗才足够吸引我。这两本书后来辗转之间不慎遗失，不知去向，实在是愧疚和遗憾。

然而外公是喜欢周易之道的。他常常会借此来阐释一些风水之道。我对此毫无兴趣，觉得被夸大了，成了"伪科学"，对一个具有现代价值观的"诗人"来说，这些是没有多大意义的。然而，他老人家常说的"天行健，君子以自强不息；地势坤，君子以厚德载物""天道酬勤，地道酬善"，却对我很有影响。

在写诗的过程中，我常觉得，诗歌的修行，很大一部分是"善"的修行，天下诗歌，唯善不破。善的部分，就是神性的部分，就是信仰的部分，是灵魂干净的部分。

外公对石头的认识，就像认识自己的身骨一样。

哪些石头适合雕刻，哪些不适合，他一目了然。他告诉我：页岩中夹有火石的，绝对不能做墓碑。因为火石易碎。

哪些是火石呢？他说：来，我教你燧石取火。只见他从一堆石头里随便翻了两枚出来，不断地摩擦，发出啪啪的声响，火星四溅，一会就把一堆白茅草引燃了。

然而当我拿出两块石头，将双手都擦出水泡，都没能溅起一点火星。

"伦儿，来，看看什么是火石。"他把口中的火石拿来给我看，质地粗糙，有颗粒感，不像可以雕刻的石头那样细腻均匀。火石拍断后，容易散，很像是玻璃破了的感觉。长大后，我才知道，那是一种石英石。

"当你在雕菩萨的时候，遇到火石，必须果断换掉，就像为菩萨换骨，不然你的菩萨永远不能成型。"这句话，我永生都记得。菩萨的骨头应是坚实的。一个人的一生，像外公那样，活到成为全家的"活菩萨"，他也是有坚韧的骨头的。他的骨头是"善"。他活了接近一个世纪，从未害过一个人，从未与人为敌，他的境界已经是通透的了，澄澈的了。他的生命履历，本身就是一个小小的奇迹，带有神性的奇迹。

他为自己换骨。

默默地换骨。而我们浑然不觉。一个凡人的骨头，因为自我完善而悄然石化。当他躺在冰棺里，我去瞻仰的时候，看见他骨骼突出，像是一块块大大小小的墓碑，两百零六块墓碑，沉实地坐落在一个叫黄泥坡的地方。

我转进他生前的卧室，在床底下，看到他赖以为生的錾子闪着锋利的光芒。多年没有使用了，应该是锈迹斑斑了。不，是光洁而白净的。显然，他在知道自己大限将至的前一段时间，磨砺过自己的錾子，就像磨砺过自己的傲骨。大的平錾是用来铲平大面积石面的，小的平錾，是用来雕刻字迹的。中等的平錾是用来打制神灵和菩萨的粗坯的。大小平錾一起使用，便是为人间的菩萨造像。那么多工具，平静地躺在一起，一点不争功，谦逊地互相成就，并居住在黑暗之中。

然而，它们为外公换骨，为我的诗歌换骨。

当然也为我的生命换骨。

在石头上模仿救世主的人

在村里，每一块凸石都是有善意的。

它努力向悬崖的外沿用力，向扑来的云海，争取更宽的平面。这凌空腾出的虚位，带着悬崖最大的意义，让我错车时，停得下摩托，安稳地，看着身旁的大卡车驶过。要是没有这块凸石，我不知道自己会多胆战心惊。也不知道，那位卡车司机会怎样向宽阔处倒车，然而在这样的深山险绝处，能找到宽处多么不易。

这块凸石，能让拍云海的老人，放得下脚架。这高山峡谷，最接近仙境的美，就是那蒸腾起来，弥漫开去，将整个低谷覆盖的白雾。这里，就是最佳拍摄地点。所以它最先沐浴到清晨的阳光，云朵也最先抚摸了它的嶙峋瘦骨，如果此刻云海溢出到路面上，我就是那个一念白头的人，我就是那个尚未来得及悲伤，一瞬间，又佩戴金冠的人。

当我进入小镇，看到每一块石头，我都会心有所动，而后满怀敬意。它们都是菩萨。经过无数脚的踩踏，时间让它们变得光滑。一场雨水过后，石头上尘埃尽去，异常洁净。我看到它们的镜面上有打磨的天空，幸运的时候可以看到一点微弱的蓝，更多时候，我会窥见石头里的乌云。

蹲在那里良久，换着角度把玩异化的我，有时候狰狞，有时候温润，我沉浸于这存在和消失的谜面。人们都在内心，依照自己的样子雕刻新的菩萨，每一块石头都是半成品。你看，那个秋日暖阳中，微微闭上眼睛的人，一定是在最适合自己的石头上，模仿救世主。

那不就是外公吗？

所有我经历过的石头，最终都成为灵性的动物。

所有我抚摸过的石头，最终都成为我的某一处脏腑。

我感觉到它们的搏动。血液和大河穿过我的每一块石头。

依次地，我从村庄走出，经过小镇，抵达了我的都市。

没想到，像自身携带的骨头，它们也跟着我抵达。女儿的命是水做的，那男儿的命就是石头做的。石头笨拙无言，我们可以互相借喻，指出对方的硬和软，爱与恨，生存和毁灭。外公，他把弄的那些石头，如今在山间充当着精神的领袖，而他放过的那些石头，如今如影随形，来到长江之滨，成为我精神的导师。

毛重八两，净重半斤。这些石头行遍整个流域，千里河床，打磨和推敲，完成了一块石头的小叙事，很短："磕碰。终。"它说。这般圆熟和光滑，只不过是石头学会了赶路。而它身上，冰川的体温，犹在，贴在脸颊上，我站在这块石头上，保持着一个金鸡独立的姿势，在草地上旋转起来，像石头的种子落在大陆上，它也跟着旋转，陷落，渐渐隐没了身骨。

我一直试图从一堆小圆石中，找出方形的那一枚。我一直试图从一堆五彩卵石中，从红、褐、黄、白、黑中，找出淡绿色的那一枚。大水自由奔袭，却是天下的规则和模具。极其狰狞的石头，在我手里，已经极致温柔。整个下午，我都匍匐在滩涂上，寻找那枚不存在的石头，也像一枚顽石，被幻想漫长地折磨。成片成片的荻花向谦卑的我扬着飞絮。

有的石头落入小潭，洗自己的碎骨，我的影子落入小潭，洗自己的虚像。更多的石头相互洗涤。有一部分石头，化作水去了。更多的我相互洗涤着我。有一部分我，化成水去了。没有一条河承认我从它的源头而来。我拾起潭中一枚鹅卵石，老树上的喜鹊，嚷着说我拾起了它的小肾脏。好小的一枚石头啊。我交给女儿，她握了一下，旋即敏感地丢掉。水有凉意，石头让她吃惊。

这几天长江水更枯了，似是有意送我去江心滩，信步至江水边沿，小风暗生，点水雀的身影若有若无，有块干净的长江石可坐，却不敢久坐。我不能确定，河床为人类让出半边卧榻，会带来什么。人声喧嚣，巨大的沉默是谁的？

把自己静置在这些长江石上，薄薄的淤泥，经春阳一晒，就成灰，抹一抹，露出这枚长江石的暗绿来，坐在上面，看江生毅纹，把自己，静置成一个遥迢的谜。我和石头浑然一体了，圆滑上附着孤绝，隐喻里藏着旁白。这时别猜我，余晖改变了人世的答案。

这些石头，没有一枚是普通的。无论成分如何，来自何地，都值得我歌颂。就像歌颂我的外公，就像歌颂我。

　　头顶一堆石头，头顶大量的斑纹

　　和色彩，腰悬玉玦，心口

　　还贴着白璧

　　它是一枚顽石，经过语言符号学的洗礼

　　成为拙石——意义逐渐丧失

　　声带逐渐钝化，近于无语

　　掀开周遭的众美，取出独美

　　荣耀如此黯淡

　　用长江水，洗干净，贴在我的面颊上

　　为孤独者钤印

　　我相信它曾为万世开先河，并习惯忍受奚落

　　　　　　　　　　　　　　　　——《拙石颂》

有一段时间，我执迷于在九龙滩上寻找我的石头的独美。

然而，我找到的是众美。

后来我一直往江心逼近，似乎近在咫尺的石头会成为某种内心的答案。

两枚白石嵌进青石里，我要把石头洗出脸上的月光来，然后扔在浅水中，我可以把整片江滩辜负个遍。漫润在水中的石头有万种面影，波纹浮动时，影影绰绰，随手抓一块都是陛下，冠冕上晃动着骨节般的珠子。向大河称臣的，还有更圆润的那轮天上月，它早熟，直逼落日。

然而在暮光下，我终于看到石头的幻之灵了，似乎神性的石头化成了鲸鱼。

水位逐渐下降，春天逐渐逝去，大水到来之前，会把自己的枯竭最大化，让我以为河流已然在谦虚地向天空致歉。仿佛水不是水，大石头一波一波的，才是水，它们延伸至江心，它们有了水的形态和优雅。领头的那块，最先隐入暗浪里。

这些石头，带着大陆最后的劝慰，沉溺至此，只对大河的心脏保持臣服，它们推动着脉象，像一个鲸头，领着一串锥形的骨头。我知道，这些石头，和武陵深山里的那些，本质上没有区别，都是为了扮演诗歌的灵魂的。所以它们遇见我，牵引我，开示我。

它们与外公的石头，领取过同一片暮光。

这些石头入水的鱼跃动态，也是静止的，看上去在动，实际上岿然不动。每块石脊上可乘坐两人，小女孩带着我，仿佛要去渡江。

我们缄口，无声，水面起伏。

分明是石之鳍，在身侧不停拍打河流。

尾　声

当我和女儿在长江石头鲸鱼上静坐的时候，我们看到了鲸鱼的石眼睛。这些石头活着的原因，我们找到了。当石头们行走数万年，行走三千里，来到九龙滩的时候，我知道，它们来看我们了。一大一小，两块弯曲的鱼形石头，都天生一只凹陷的眼睛，小女孩的半瓶江水倒进去，它们就眼波荡漾了。瞳孔一般，与天空对视，与我们对视。像无声的对话：

你是张远伦吗？

是啊。

你是谁？

我是李国文。

诞生

她半闭着眼睛，停止了啼哭，微微的笑意挂在嘴角，像鸟巢里刚刚破壳而出的雏鸟，粉嫩得如同我的小心脏。她很干净，在她身上看不大出被羊水浸泡得发红的肤色，而是透出带有光泽的粉红。

诞生和死亡，是最大的诗性。

而诗性里，无不蕴含日常的神性。这是人类本能中最具神性的方式，如同永恒的两端，附着在每一个生命中。生命之大美，亦是神性之大美。

在纪伯伦看来，人们对美有误解，美是"你们那些未曾满足的需求"。

是的，美大多数时候是人性中的欲望，而不是美的本身。只有神性才是真正的美。

也如同纪伯伦所认为的：当生命揭开面纱露出圣洁的面容时，美即是生命。

生命的诞生，为美中之美，人性中的神性。

而我，这个卑微的诗人，有幸两次迎迓和见证了这种神性的大美。

诞生，就是倒立；活着，就是顺顺气

村庄里灶台上有一个木架子，上面用稻草包裹着猪油，橘子叶用柴火熏过，有奇香。割一团下来，包在青菜叶子里。鸡圈里的鸡蛋，一个也不能少，慢慢地积攒到满满一竹筐。还有不留种的花公鸡，每天撒两把玉米催肥，冠子长齐会打鸣的时候，就要到了。

木瓦房下，诸佛村早早结霜，蛙鸣已退，坝上沉寂，逼仄的内室里显得有些清冷，月光被门缝压成一线。我们就在屋子里的阴影部分，身体上充满欢乐的虫声。可我总是想到那个黑色的纵隔，在她的身体里造了两个小小的内湖，通过这村庄里幻觉的超声我深深感受到了，一个胎儿偏居母体左侧时，那无法动弹的巨大憋屈。我停了下来，模仿无声生命，在尚未诞生时拍打村庄，于是木扉全开；于是她的喘气，混合了大量幽邃的稻草气息。

这天晚上，她疼了很久，急不可耐的医生打了两针催产，我的大女儿终于诞生了。婴儿降生却不能啼哭，脐带紧紧缠绕细小的脖子。接生的医生将她悬在空中，倒立，抖动……倾覆的样子，让虚弱的母亲感到慌乱。黑夜，围得人窒息。十年后我们都还记得接生的医生最后的话——活着，就是顺顺气。那样的子夜，村庄美好，万物停止了仇恨。

我这一生，见过的最为惊心动魄的倒立，就是大女儿出生时的颠覆。

一个婴儿从降生的那一刻，就经历了活着的艰难，只是混沌初开，她浑然不觉。而父亲嗓子眼上的惊惧，一生铭刻。

我们，这些成年人，看似头朝天脚朝地，但何尝不是一直在倒立行走，苟活于世。我们挣扎，气滞，经络逆行，欲望深重，我们忙碌到根本不懂得顺顺气，不懂得摸一摸自己的胸口，不懂得把活着的艰难化为长久的平和。我们还在对抗这个物质的世界，久久得不到和解，我们双掌着地，双脚踢天，似有愤懑无法诉说，似有悲伤面地倾吐。

那种村庄里诞生的神迹，幸福感和战栗感，当是对一个前途无望、寂寂无名的青年最大的拯救了。

我不知道自己出现在人间的时候，是不是倒立的，我不敢询问母亲，只能幻想。可那种倒立的感觉，如影随形，在我的生活中无时不在。尤其是当我看到大女儿的惊险一幕，就更加怀疑：倒立是不是一种遗传？

她开始啼哭，终于缓过来了。她在生命之初就经历了冲开母体，经历了被窒息感所笼罩的危险，真是辛苦了。每一个生命都值得致敬，每一种诞生都是上天的杰作。

为此，我不得不，也必须礼赞生命。不仅为我的骨血，而且为他者。

她的声音清亮，像是三月时分的报喜鸟。女儿的眼睛，始终不睁开。她便用自己的舌头一次又一次润湿女儿的眼皮，睁开了，小眼珠像一枚黑豆子，也像是我最圆润的好运。

我煮好定心汤，老腊油加土鸡蛋加几片葱花。然后我开始磨刀。关在蛇皮袋子里的花公鸡，开始打鸣了。这个世界被她挤开了一尺，这是最丰腴的深秋，你也可以把这奇妙的冲击力当成是初冬的小火。十月初七的凌晨，刚刚过了午夜，玻璃窗外的每一寸夜色，都想挤进我逼仄的房间。

我的女儿带着诗意来了。

她那么小巧，一面小红毯裹着，眼珠子时而转动，时而闭眼啼哭。她的声音就是天籁，毫无疑问这是村庄最大的吉祥。她重五斤，比我的任何诗歌都要重，不过这恰好是一个女孩的体重了。这世界被她挤开了一尺，整个夜晚我都没有入眠，我的神经已经被替换。我看着她睡，看着她的光芒点亮了黎明的光芒。

我要准备好炭火，上面放一个烘炉。这个烘炉是用竹片做成的，上面烘烤我女儿的尿片。没有尿不湿，只有我的运动衣，撕成碎片，不断地换，不断地洗。村庄里的小河边，有一块巨大的鹅卵石，那里是我搓洗的地方，现在已经被河堤掩埋。

女儿出生的时候白白净净，医生说是最干净的，那种婴儿的猩红，一点也没有，她们说这是奇迹，这说明我老婆的羊水太干净了。

你看见过宰杀鸡，宰掉鸡头的人吗？你看见过把鸡汤，炖煳的人吗？你看见过把醪糟，煮干的人吗？你看见过把中药熬成浆的人吗？这就是我。为了我女儿的一滴奶水。

村庄里面把这过程叫作"发奶"，我把这叫作"赎罪"。她受苦十月，我得还一辈子，只有饿死闲死的人，没有苦死累死的人。我磕磕巴巴的动作，便是两个人咕噜咕噜的养分。奶水少的时候她把妈妈咬哭，奶水多的时候妈妈就挤奶，我看着自己瓷盆里倒出的，银子的光芒，心疼得要命。

我拉来一个大木桶，装稻谷，她的亲人们，送来了今年的新粮食。鸡蛋，多得我的窗台都堆不下了。还有婴儿毯子，我们使用了几年。那堆放在屋角的公鸡，每天乱叫把我们的生物钟都调乱了。至于糍粑这样的熟食，我俩都来不及吃，送人的送人，回礼的回礼。席桌上的烧白和扣碗，我在村庄里送了个遍。

逐渐安静下来后，我的女儿满月了，我们走出家门，亲人们给她的脖子上戴满生命线。想起来如此愧疚，我不欠他们钱财，但欠他们大量的心意，不能用想象去还。在村庄里走走看看，在每一家门前坐坐，这是我需要做的，是我终老都需要做的。

一个生命，是村庄最大的礼遇。一只飞走的鸟，还记得巢在哪里。

那一年的雪，和我一起跨世纪。我坐上一辆方圆车，去大同煤矿拉煤，晚上回来烧煤的时候，才知道很多煤块，是黑色的石头。她告诉我，酥松的泡粑煤，才是好的。这些石坨坨卡住了煤炉子，弄不好还要折断煤桥。晚上都在梦中，梦里的我老是洗不白。整晚，孩子都在轻轻咳嗽。女儿需要温暖。看来只有去买炭了。买炭，要秘密地进行，还得深入十公里外，诸佛江腹地，那里人迹罕至，我用篾条筐装满炭，背回家。

蓝色的火苗燃起的时候，我的眼睛湿了。千禧之年的冬天，有一些寒冷，来自春节联欢晚会里看不见的村庄。

那一年的夏天，她卖凉皮。晚上，我们在村庄的木屋里，把一袋子面粉，不断地揉搓。直到面粉浆子，浑浊均匀。直到面筋，呈现在盆底。我们在大铁锅里，烧开水。铝合金模子，漂在热气腾腾的水面上，一勺子面粉浆子，泼上去，一会就被蒸熟。刀子刮下来，就是一张白净的凉皮。白天的学校门口，她把凉皮切成细条，装在碗里，浇上佐料，辣椒的味道，在小操场上弥漫。那天，她捂住肚子，躺在地上，疼得打滚。她尝味道的时候，一块没有舂细的胡辣壳，死死地贴住她的胃。

凉皮卖了一个月，女儿多了一辆学步车。

还有，她会哼歌了，唱的是：小老鼠上灯台，偷油吃下不来。

那一年的夏天，她去了另一个镇子的烟草站打工，我和女儿，在租住的小木屋里，等她回来。我们就住在村庄旁，不再去岳父家打挤。那一年夏天，女儿学会了自己穿衣。不过穿上的是棉褂。女儿会唱的歌谣，已经有几十首了，不需再跟着碟子的音律。有一次我下班回家，女儿一个人拨通了程控电话，那头传来的是她妈妈的声音和激光打印机嗞嗞的声音。

那一年夏天，我第一次在公开刊物上发表了一首诗，《冬日的水田》。

诞生，就是对爱的命名

琉璃瓦上的黑鸟，俯视小母亲的目光多一些
均匀一些，转移慢一些

它会适时将目光分一点给城墙垛口的乞丐
和他的铝合金碗

需活动一下细弱的颈椎之时，它才会换一个角度
恰好可将余光，赐予我一点

我在仰视钟声里的青铜，它在俯视啼哭声里的婴儿

挑起的檐角起势欲飞，而凝听的黑鸟如此沉静

　　从我这个角度看上去
　　大钟沉实地压着城楼，黑鸟轻巧地压着天空
　　　　　　　　　　　　　　　　——《通远门城楼上》

　　通远门，是我此生最熟悉的一座古城楼。

　　我不是在那里怀古，而是等待新生命的降临。

　　她又趁我深深睡着的时候骂我，骂声就停留在我梦境的老电影那里。我正在模仿，叫你一声"艾草"，我感觉得到自己嘴唇的翕动。而你是看不见我身体里神经元的浮动了。我越来越老，越来越长得像个贬义词。你的夜色比我的夜色，多了一些失眠，我的失眠比你的失眠，少了一些星光。你的身体里总比我多一些救赎的物质，比如子宫壁、妊娠斑和褒义词。你被痛苦折磨的时候，总在睡意的末端骂我，往往没有把一个词语说完就突然睡去。接下你的话头的不是我，是日出。它像爱意那么闪光，被大地分娩。

　　漫长而又紧张的夜晚过去了，我要趁着晨曦，前往通远门。

　　张家花园的爬山虎太多，这隧道隐蔽起来，阳光是找不到的。我妄念太多，找到它的时候，它正在布置三条道分岔的迷局。隧道原本对我的作用只有两个，要么通过，要么转

折。今晨，由于怀有襁褓之念，隧道，选择了顺产的方式。张家花园隧道，有一个洒满光芒的宫颈口，它的半径里，朝阳是我提着灯在奔跑。

我倚靠在通远门的石头上，等着医院上班。这块石头，比我早来几百年。据说阻截过张献忠。城门洞里，石头的脚步声滴滴答答，裹挟有马蹄余音，石缝间渗出的水，如从旧时光里拧出，顺着鼻翼，将他年倦意和今日微凉送入我唇，送入她唇。入秋薄寒，而她身体发烫。

挂号的队伍排得老长，号贩子和医院门口的保安在吵闹，远道而来的孕妇和出租车司机在讨价还价。我排在缴费窗口的最末端，靠近大门，阳光照进来，我就有了一个尾巴，被匆忙上楼的人践踏而过，我和我的影子，沉默，而无声问候。深秋里，转过通远门楼顶的阳光换了个角度，照到这里。光芒真是一点不浮躁啊，只让人沉迷，那一缕一缕的扬尘，无风，而不绝。

这里聚集了众多求子的人。顶楼的遗传研究中心，武陵山顶的香火，她在相距三百公里的医院和道观间折返。她浮在白云上，如趴在狭窄的楼梯上，都有一步一匍匐的感觉，一边在高处膜拜和敬奉，一边在高处排队，采撷一滴血。当她的身体瘠薄到不适合麦子生长，就会去山巅收集阳光，抑或注射一滴天水。她举出所有叶脉，等待在寒风中，一滴露珠的形成，耗费的是稀薄的生命力。她在通远门的石阶上行走，如朝圣。一个秘密的胎盘，是她跪拜的蒲团。仿佛在小腹的中心，有隐痛之疾，仿佛最远的山风，低头撞向了悬崖。

而我们家如此顺利，无须借助现代科技，就能孕育新的生命。我们说：文明的毒素尚未伤害到我们的身体，原始的本能还在。尽管已是中年人，但我们对自己充满信心。果然，孩子就要诞生了。

和大女儿一样，我的小女儿，也要在母体里艰难地推开一道隔膜。她在胎盘里就奋力推开一道屏风。她在巨大的海水里，居住于一室一厅。父母不能给予的，她在降生前就有了。

助产士身穿红衣如通远门的夜行鸟，她进产房后，迅捷换上白大褂，头戴白帽，恍如保健院的魔法师。她深深地蹲下去，又缓缓地站起来，每诞生一个新生命，她的谦卑就加重一分。用力的姿势，呼吸的调整，都是她驾轻就熟的技艺。真正与血脉相关的技艺，真正与匠人区别开来的，是那训练有素的慈悲。每天，她都在说：感谢您预约，很开心为您服务。以前，我们叫接生婆，现在，我们叫助产士。每天，她都在提醒自己：我是拿剪刀的人，必须记住剪断的脐带，像记住自己的命根。

我们一家人守候在手术室外，看着医生和助产士们进入，变得紧张起来。毕竟是高龄产妇，还是有些担心。虽然每周都在例行检查，每次都说正常，但是，诞育孩子是一个伟大的过程，伟大必然伴随着危险。可是，这次我不能像大女儿降生那次，守护身侧了。只能听从医生的指令，待在门外。医生说：我们叫你进来才能进来。

两个小时后，门开了，护士抱着已经顺利降生的女儿，让我赶紧进去。

她半闭着眼睛，停止了啼哭，微微的笑意挂在嘴角，像鸟巢里刚刚破壳而出的雏鸟，粉嫩得如同我的小心脏。她很干净，在她身上看不大出被羊水浸泡得发红的肤色，而是透出带有光泽的粉红，仿佛已经出生了两天，与这世界的自然光已经产生呼应，已经融汇在这通透的晨光之中。她的脸安宁，显然已经在生命之初就有了生命圆融的意味，让我不忍心把自己粗俗的嘴脸贴上去。我不敢亲她。我太丑陋不洁了，怎么能和这世间最纯净的生命相触碰。她有着浅浅的绒毛，像是完整的语言系统中旁逸斜出的柔软叙事，讲述着她怎么在母亲的体内顶开未知的一切。她的小手和小脚还自然地弯曲着，从母亲圆弧形的子宫里出来，她的存在状态还没有改变，现在的世界是一个更大的难以偎依的子宫，她得保持安全的姿势，向内，向自己，向生命的核心，向着奇妙的生命科学的纳米部分，向着我的诗歌语言的某一个脑细胞，蜷曲下去，内卷下去，像在保护着自己，也像在舒展之前，反向而为，蓄着最大的势，借着最大的力，然后才将自己一览无余而又猖狂恣肆地展现给现世。

她无疑是保健院里最为凝聚的光源。

我调动所有的诗歌语言呵护着她。

她来了。她来了才有整个世界。她来了才有我，和我们。

她的世界很小，却足够辽阔，没有什么比我此刻的想象力更无垠了。她在我的思想的天空中自由地飞翔，无所顾忌地漫游，毫无机心，毫无危险，毫不局促，像一个我们造就的小神，管辖着自我的一个平方。她在我怀里，我无比小心，仿佛是要对天地负责，照看好这个小神。她再一次，形成了我的神迹，将我提升到更为柔软和善良的境地。

有了女儿，世上再无我的敌人。

有了女儿，你们可以打我，骂我，毁谤我，处罚我。只有爱，才是对抗一切戾气的能量，只有骨髓里的"血液"，交换给另一个生命，我们的血液才会更加透明和洁净。爱将是漫长的艰辛，漫长的忍耐，漫长的轮回。

我们对爱进行命名。

所有的诗歌都是追问，我们来自哪里

孕育，是两个生命的创世。

诞生，是独我生命的创世。

我们为两个女儿创造了两个世界，然后合二为一，一家人共用一个世界。然而，大女儿自己创造了1999年以后的世

界，小女儿创造了2016年以后的世界。她们都有独我世界，归自己管理，自己挥霍，自己折腾，自己把世界关闭。

而我，需要追问自己的诞生了。

我创造了1976年以后的世界。

当我在自己创造的世界里，向着诞生相反的方向——死亡走去的时候，我觉得自己也是在走向诞生。像是我耗尽心智，花光身体，写完诗歌，一切的一切，都是在回到源头。我的生命就为了回答一个问题：

我来自哪里？

有一天，我站在故乡的山巅，向天穹释放孔明灯。这种被燃烧的蜡烛顶起来，升腾到天上去的灯火，也被叫作"天灯"。"黑夜里的许多天灯，顺着风向走／走着走着就成了孤灯。"一顶一顶天灯渐次升腾，飘向浩渺，然后慢慢变小，变成光点，变成黑点，像黑夜的遗腹子一样，被巨大的虚无同化，变得不知所踪。我目睹了它们的诞生和死亡整个过程。于是我尤其注重它们的诞生，精微地制作篾条骨架，精细地安装纸筐，精准地置放蜡烛，然后，颤抖着点燃，待到浮力恰好时，轻轻松开手。于是生命之光就诞生了。创世的火苗引领着风向，将一簇光焰送进深邃里去。

然而它们无声地死去。

那么我该受到什么提点？该怎样回到诞生？该怎样用汉语言完成对生命原初的追问？

我在问题的问题里徘徊已久。我尚未从小问题里走出来，就像内焰还被包裹在外焰中。而更大的问题还在形成覆盖性的穹顶，我的无力和无助，在天地之间很明显。而我的生命，理应用诗歌来刺穿这些无形的控制，将自我提纯到"无恶""无羞耻"的洁净状态，无限接近婴儿，无限抵达透明。

　　有一天，我站在小镇的古桥上，看着桥墩上的枯草，顺着风向走，走着走着就成了残叶；听着黑夜里的许多旋律，顺着风向走，走着走着就成了余音。

　　　　他们都顺着风向走，而我不能
　　　　风向所指，是熄灭，是枯死，是默哀
　　　　我逆风而走，便是走向光源
　　　　走向草根，走向声带

　　　　便是，走向大风的子宫
　　　　仿佛听到神在说：孩子，起风了
　　　　　　　　　　　　——《逆风歌》

　　我逆风而行，走在和世界对抗的路上。我是反向者，在倔强地走向无意义。我的下半生一直在放弃，放弃本就少得可怜的物质，放弃越来越虚妄的名声，放弃无效的爱，放弃无谓的挣扎。我像天灯从天幕中缓缓退回来，宛如星辰们重临人间；我像残叶返青，回到绿草，回到一粒雨露的浸润中；我像余音回放，重新组成旋律，闪回副歌，过门，前奏，返至一粒音符最初的震动频率里。

我从熄灭回到点亮，从枯死回到萌芽，从默哀回到祷辞。我甚至从一片光的彗尾中扫回光源，从一笼草的摇曳中深入草根，从一声哭腔里滑回声带的原点。

我领回风的儿子。

走回到大风的子宫。我便是那个首先感受到这个世界起风的孩子了。我便是那个刚与血迹斑斑的脐带分离的孩子了。我便是母亲的向死而生了。谢谢诸神，母亲至今还活着。她也正在走向自己的诞生。

这种回溯的过程，是我的自我寻找。我在寻人。写诗就是一场寻无所得的"寻人游戏"。而我的每一个文本，都是一则"寻人启事"。

我在哪里？

下半生，我一直在和灵魂玩寻人游戏。寻找无处不在。在瀑布的水帘之内，我形销骨立，沿着一条水边小道徐徐独行，试图避开大量的水分，我怕灵魂太湿了，化了，不知所踪，而我白白花费几千个词语，还是找不到我的"我"。然而，就在我绝望的时候，我目睹了另一场诞生，"你用彩虹找到了我"。只是，当我流连在彩虹中的时候，用各种色彩洗脸的时候，你又不见了。你是谁？你为何要拯救我？

在大海，我去聆听海水迷幻的声音，那些可以翻译出来的语言，让我们为之久久缄默。我们听见的，白鸥也听见了，即便皓首穷经，它们也保持着耳蜗的优雅和圆润。这短暂的黄昏，贝壳含着几粒银沙先行睡去，而海鞘怀着孕，竟然是裹着彻夜的光，掌心捧着的水，刚出席一场风暴，便赶了过来，参加我们的世纪之约。如此安详，仿佛从未经历过惊惶，曾将海水译为忧伤的诗人，为自己的误差羞赧不已，如今他已老迈，静静地将大海，译为这星球上蓝色的邀请函——欢迎海葬，伦翁。这时候，"你用窒息找到了我"。而你，又是谁？

在圣索菲亚，我误入教堂。觉得冰雪的穹顶下定然隐藏着什么，果然，那是一个反季节的我，出现在哈尔滨，像一块冰棍，满身雪花之意，似有零度的绝望。这时候，"你用体温找到了我"。而你，该当是谁？

在极地，我在一场骤起的大风中，打开水瓶盖，以人间唯一的倾斜角度，连同我向着辽阔的北方敞开。在北极村最隐秘的方向下，这悬空的高度是云朵和青草之间的高度，这倾斜的样子，是雪松倒伏的样子，这两厘米的风口，是一个水瓶口，这迎着风发出的呜咽，是一场凌厉的气流，对一秒钟的时间，彻底屈服。呜呜——短暂，低沉，如腹痛的雀鸟，如极地对我的谴责。当虚妄的极光占领漠河的上空，"你用倏忽不再的痛诉之声找到了我"。那么，你当是谁？

　　　　每一次，游戏结束时，我收起灵魂
　　　　生命便损失一部分

　　　　可游戏还得继续下去
　　　　　　　　　　　——《寻人游戏》

我来自哪里？来自别人的诞生。
你是谁？你是我的上一秒。

穷其一生对抗死亡，其实是在对抗诞生

深夜，我有时候突然清醒了。异常地清醒。

我在想：诞生是不是错谬？

是不是我们本身就是错谬。是不是我们的创世也是错谬。是不是我们一直在错上加错。

也许是因为看过了电影《返老还童》，似乎本杰明·巴顿的剧情还在我的头脑中无意识地冲击着。也许是因为思想深处对死亡的恐惧终究还是存在的。

我们一出生，就要面对生、老、病、死，怨憎会、爱别离、五阴炽盛和求不得。诸般苦都要受尽，才能最后回归。

尤其是对于死亡的恐惧，一生都会与之对抗。

有时候我甚至觉得：把孩子们带到世间，是不是一种错谬？

本杰明一降生就是一位奇异、丑陋、畸形的老头。他被父亲当作怪物抛弃，他的出生就是"错误"的。然而，本杰明越活越年轻，逆生长让善良的他收获了爱情。原来他的诞生就是"衰老"，而死亡则是走向"诞生"，"婴儿"就是他的濒死状态。他在活到老年（身体外观处于少年状态）的时候，离开爱人，独自远走。他认为自己不能让所爱的人最后照顾的是一个儿童，甚至是婴幼儿，那将是多么离奇而又痛苦的状况。最终，幼儿本杰明，也就是老年本杰明回来了，他已经逐渐失去智商和记忆，变成需要呵护和照看的人，当他终于回到"诞生"，回到"最初"，回到"本源"，一切戛然而止。

死亡和诞生，这对反义词，在本杰明身上得到了戏剧性的同步。

这像是一个诗性的寓言——人穷其一生对抗死亡，其实也是在耗尽所有对抗诞生。

如今，我已经失去半个世界了，和死亡的对抗，也就是和诞生的对抗，让我艰难地活了半辈子。当我在中山四路的老街上独行，去做最庸常而又最必需的事情，我需要用镜头，才能将街道，控制在我偏执的情感之内。我正在失去镜头之外的、巨大的弯度，以及猝然而至的转折。可是我并未走完这些弧线，甚至没能，抵达任何一个转折，就停下来，折返。我要用镜头，才能将反向的街道，控制在我任性的情感之内，我正在失去镜头之外的，众多的分岔，以及指向的河流。我走不完它们，我的世界至少有一半，天然地失去，来不及去拍摄，去微距般地抚摸。而另外的，无形的，未知的那半个世界里，活着我的陌生人，在我抵达不了的弯度里，转折处，分岔上，河流边。我写诗，就是为了找到他们。

其中一个陌生人

将这首诗，读成为我最后的，寻人启事

——《我已经失去半个世界》

我像本杰明那样，活到了中年，开始变得年轻，逐渐走向无知。我已经失去了很多东西，而正在获得的那么不确定，那么少，那么容易丢失。我将在抵抗诞生的余生，更加注意寻找某一个"陌生人"。

那个陌生人，极有可能就是我。而我将不再认识我。

那么，谁在为"死亡"接生呢？谁又准备好了剪断死亡脐带的剪刀？

于我而言，那把雪亮的、饮血的、老旧的剪刀，带着铁的体温，一直稳稳地隐身于武陵深山某个村寨的角落。它一直在那里等我，等我回到诞生去，回到它的嗜血本性里去，回到一个神秘而又老迈的接生婆手里去。

那个接生婆，身兼"诞生"和"死亡"两种神职。

她为村子里绝大多数产妇接生，把孩子安全地送到大地上，又为村子里绝大多数死者入殓，穿上黑色寿衣，把他们送入无垠的黑暗。她是村里最接近神灵的人物，也是最接近巫祝的人物。从小，我就怕她。仿佛她已经洞悉了我的死亡，我会远远地绕开她，躲着她，仿佛从小我就在害怕她将我入殓。

现在，我们管这种人叫助产士和入殓师。

同时具有这两种身份的人，一定是对死亡有着深刻认识的人，或者说，对待死亡已经很麻木的人。

老太婆已经过世了。她终于赶去自己的诞生那里为自己送终。她是一个死亡的经手人，在生命的两端干得驾轻就熟，技艺精湛，超越了苦难，破除了苦域，而将一个个传奇送到某一段时间里。我有幸成为传奇中的一个，时间里的一段，已经很满足了。我将朝诞生坦然而行，朝圣一般，抵达死亡。

有一段时间看《冈仁波齐》，我的感觉是：他们一路叩拜，定然也是走向信仰的顶点，从而最终获得圆满和解脱，得以最大限度地摆脱死亡的恐惧。他们不坐车，不骑马，只叩地而行，这种虔诚，是精神的修行和成长，亦是自我的完善和超拔。最后，他们穷其一生进入永恒，貌似归零而又无所不在。

就像江一郎的诗歌《向西》写的：

> 西行的路上
> 我赶上一个朝圣的人
> 她用额头走路
> 我让她上车，她摇摇头笑笑
> 说，你的车到不了我想去的那儿

野猫说

坎上人家最近常被神出鬼没的野猫骚扰，掠走和咬死好几只鸡。诅咒无效，下毒。那只野猫的来源几乎无从考证，坎上人家和我岳父都没见过那只野猫。

生当如候鸟，一生白鹤

人生迁徙如此艰辛。困境令人绝望。而绝望的都是飞翔之物。比如白鹤，比如我。白鹤被闪电追赶，像是在高空接受鞭刑。这是一只犯过错的白鹤吗？

突然就想到额尔古纳河，北纬53度上缠绕着的、世界上最干净的河流之一。和我家乡的乌江如此相似。它在冬天是白色的；它在夏天是墨色的，很厚的黑。

在极地，我将矿泉水瓶喝空，倾斜下去，风吹过来，瓶口发出啸叫。这令我想到孤独的口哨。我知道在极寒之地，孤绝之地，这啸叫是大风的意思。极地日出之后，太阳便开始了手工打磨。磨出落日。边缘被磨掉的粉尘，是大雪。我想隐喻这样的落日，等于婉曲一番自己的身份。我的身份是滚烫的落日。周遭寒冷，北极光有时候悲伤地出现一次。我尚未捕捉到的那一次是虚幻，但像是永恒。

我还喜欢另一些绝境：断桥、衰草、蜷曲的河床。我在断桥上释放天灯。天灯也叫孔明灯。许多天灯升腾，顺着风向而去。逐渐变成孤灯。我穷其一生都在逆向而走。试图退回光源。试图和大风较劲。孤灯从来就没有回来过。风带走风向，从来就没有把我带到他们的顺风里。

我在圣莲岛经历了一次有意思的迷途。当时我和一帮诗友信步谈诗，间或向清理荷塘的花农们请教花事，不知不觉间一帮人变成了两个人，两个人变成了一个人，环岛一圈，竟然走回原点。现在回想起来，这颇有禅趣。虽然荷花未开，但是已然心境迷醉。其间和诗人们谈诗歌的纯粹和诗人的简单，不就是这种情状吗？诗歌之通透，与花究竟有何关联？现代人心灵多繁复和困扰，植物之心恰有来自自然的提示，让人释然。我想世间小事物，皆有超越人类的定力。人之欲望过甚，便不及一朵花。而圣莲岛在安详、丰沛的禅意光环下，更有植物之美的抚慰功能。面对一朵花、一个花农、一场花事，我产生了渺小的弱者之意，我这诗人又算得上什么？不及一朵花绚丽，不及一个花农隐忍，不及一场花事盛大。

我吃过很多花朵，比如红杜鹃。干净的红杜鹃。在梵净山，我想模仿金丝猴，以花果为食物。我已然不敢向花朵下手。尤其是雪刚化完，春光刚提升海拔，来到这里，梵净山。世界上最干净的饮料，是沾了香灰的山泉水。罪人，你要俯下身去，才能取其一捧。我对诗友说：拉着铁链子上金顶，必须要尝试一下。实际上那很容易。谁都有飞行的想法。只是我们习惯了迂回和阶梯状的人生。坐在缆车上，会拥有飞鸟的视野。这时候，我也会明白飞鸟的空虚。它们高度的提升是为了捕获。我是被钢丝悬空而挂的禁闭者，长相与黔金丝猴类似，却从不敢在山巅纵身一跃。

眼皮里有庙宇，耳蜗里有钟声，我们用小小的身体部位接收那些善意。

一座山有两座金顶。陡峭的金顶和平缓的金顶，平缓者更高，有点像写诗，用更多的时间去抵达；陡峭者含有危局，需要诗歌的平衡术和把控力。

人生总在做这样一些地理上的迁移，这近乎灵魂的寻人游戏。进而获得美的能力，和诗歌创造的能力。

多　年

多年前，母亲身体内就有一些风沙。风大，沙小。头疼可能是风在太阳穴里又起了；腰疼则可能是沙在胆里缓缓流动。

多年前，我害怕母亲出门整天不回家，死死抱住她的脚。我怕天黑后的毛狗洞，怕那放大的空茫的瞳孔。我缠着她，狠命缠着。她挣不脱，就叫我"挨千刀的"。

多年前，母亲患有头风和结石。

多年前，我患有怯懦症和妄想症。

多年后，那些风在母亲的脸颊上渐渐升级，刮出了深刻的沟壑，刮出了漏风的口腔，刮出了混沌的风泪眼。

多年后，我也开始用皱纹、牙痛、低视力，和母亲进行命运置换。

多年后，母亲拥有的胆量在加重，沙砾变大变粗，作为侵略者，它们是母亲腰身上石质的钝器，隐痛不易觉察，打击日复一日。设若用刀锋将它们全部取出，我宁愿自己是那个"挨千刀的"。可是啊，母亲，再也没有对她的中年儿子那样叫骂。

多年前，我的村子是困苦而又美好的。它是我的第一人称。我对人说：来我家玩。就是来我的村子里到处疯跑。我就是我家，我家就是我的旷野，我的大地。

多年后，我的村子是安详而又孤寂的。它是我的第二人称。我对人说：来我家玩。就是到我的诗歌里小憩片刻，或者在我的冥想里奔袭一趟。嗯，我的片言只语就是我家，我家就是我的生命地图，我的精神谱系。

多年后，我的家，是你，和你们。是老迈的父母，是两个女儿。是陷我于困顿，又予我大欢喜的亲人们啊。

多年前，我写诗，写伪美，也称唯美。我的艰苦仿佛不值一提。我做的，是在语言里，把一条小河从大河里分出来。

我觉得一生拥有两条以上的河流，是多么幸福。没有哪条河流是孤绝的。那十多年的纯净和安然，让我得以度过一文不名、朝不保夕的岁月。

多年后，我还在写诗，写心灵里关于乡土的记忆。我常常把1996年取出来，抑或把2006年取出来，粘贴在诗歌的页面上，撷取一个细节，或者一个场景和瞬间。

多年后，我觉得南方人太水性。诗歌灵性。荒蛮够了，开阔不够，命运的急剧变化不够。诗歌的陡峭感和开阔度，是我需要追求的。我又尝试从河流的漩涡里面窥见深度，从水意淋漓的意象中获得沉重。

多年后，我觉得自己深刻了。当我惊觉自己的浅薄的时候，常常夜不能寐，思量着下一首诗的样子。

多年后，我终于想要诗歌中更多的人情味了。舍此，没有更让我着迷和心动的句子。

多年后，那些当下的生存之俚俗和心灵之凝聚，才是我的第一人称。

大海的事情和天空的事情

2017年4月，我在诸佛村巨大的穹顶上，看到了久违的北斗七星。我好几年没见过了。长期以来我抬头都只能看到昏黄的雾气。十多年前我在村庄里，仰头的动作悠然闲适，往往是不经意就能和群星对视。而现在，在村庄里仰头，更像是一种仪式。每每，内心充满感动、虔敬、温暖和深深的救赎感。人到中年，虽然颈椎问题，影响我的仰头，但是，这个世界值得我仰头的事物越来越多。比如村庄的夜空，随时布满预言，让我仰头，以期待某一种答案。那些孤星和群星，都是预言的发布者，关乎天道轮回和人生提点。有时候，我看着那些星辰，有一种难以说清的击中感，让我自省。是的，这时候的仰头，就是我内心的仪式。人需要忏悔的，需要顺应的，需要超度的，都会得到回应。上天总是沉默，而用光芒说话。

二十年前，我还在村里教书。我的世界单纯而唯美。我的大女儿诞生在这里。十多年前的初夏之夜，我在浩大的夜空中发现了北斗七星，遂想起小时候父亲给我讲北斗七星的事情。我又转述给了我的女儿：北斗七星会随着时间推移改变自己的倾斜度，最后正正地沉实地坐在星空，它们与人间的稻谷保持着神秘的关联，那四颗星组成一个打谷的斗，三颗星组成防止谷粒跳出的篾席，最后，它们会提醒人们，该收成了。这神秘而可视的星座变幻，蕴含着万物的轮回之道。

而今年和我一起看北斗七星的，是我的两个侄女。她们都十来岁，不知道什么是北斗七星。我又把父亲教给我的话，转述给她们听。我想她们或许并未听懂，但是能记住那些星星的名字就不错了。农事渐远，自然给予我们的困苦、劫难，她们鲜有体验，而自然给予我们的深邃和邈远，她们更是难以品味。小时候，父亲的话对我也仅仅是一个指引，而寻觅的过程，我已经花了四十多年。只有当我们内心敬畏的事物越来越多，才能发现那深藏于天际的预言，并用生死与之对应。

我想，诗歌中，仅有温馨的人伦是不够的。真正的纵深，在天意上！

我都记不得是哪一年了，我去了广西北海银滩。那是蛰居山城的我第一次见到大海。见到闪着银光的沙滩，见到那些白得像是圣物的细沙。空旷和辽阔，壮美和恢宏，这些大词不断冲击我的视线。但是真正让我心生苍茫之感的，是那些小词：沙子、贝壳、海螺。这些小东西不仅唤起我的柔软，而且让我体味到幽远。我想大气的格局，终究应该源于细微。只有当我们对那些小海族的残骸产生喜悦和敬意，才能真正见到大海的气象。只有我们对无常的命运产生平静，才能真正读到大海沉默的寓意。

我想时间和空间的瞬息变幻，会在顿挫之间产生剧烈的诗意。内陆到海疆，会有不一样的感受，少年到中年，会有不一样的感喟。站在浅海水中，面前巨大的蓝，像是人世所有的色彩漫卷而来，虽然单纯，但是厚重。海平面，成为此刻与我对话的灵性动物。恍若海平面之上是人间，海平面之下是墓穴。人间光怪陆离，危机四伏。而水下墓穴安全自由，适合静默祷告。海平面成为我理解安全感的一个刻度。水线，就是安全线。超过就是警戒线。我此刻若是潜入水中，必然最为安全，一旦出来冒泡，必然面对乱象。

当我站起来，水平面刚好没过我膝盖。呼吸之间，大海发生了奇异的变化。辽阔的蓝围绕过来，再围绕过来，在我的膝盖周围晃荡。海天相接之处的那一条线，也逐渐收紧，缩拢，向我靠近，走进我颤抖的眼皮之中。

这个时候，我想起远处的女儿，就如同沉默、单纯、深远的大海。整个大海，都是我的女儿，绕我于膝下。

野猫说

岳父来电，我家最后的两只公鸡，被坎上人家毒死了。

坎上人家最近常被神出鬼没的野猫骚扰，掠走和咬死好几只鸡。诅咒无效，下毒。那只野猫的来源几乎无从考证，坎上人家和我岳父都没见过那只野猫。坎上人家仅有老夫妻在家，我家也只有老岳父留守村庄。村庄像一个盛大的欢场，草木繁茂，野物自由生殖和出没。野猫开始了向人类的逆袭。

坎上人家为了对付那只野猫，颇费苦心。先是老人家重新装上了捕兽夹子，试行一晚无果，而又担心自己起夜踩错地方，取消 A 计划。然后夫妻俩商量加固鸡舍，围了两层红

砖，可野猫竟然从屋顶找了一个破瓦缝隙跃入鸡舍。村庄里的杀手显示出非凡的天赋，B 计划破产。迫于无奈，施行歹毒的 C 计划，夫妻俩在自家鸡舍的屋顶瓦沟子里施下毒药。这时候，坎上人家发现了另一处阻截野猫的场所，我家的鸡舍和鸡舍的屋顶。他们在一个漫不经心的黄昏，漫不经心地朝我家鸡舍的屋顶放了几粒毒玉米。恰巧我家的两只公鸡，都飞到了屋顶。它们的扑腾对于宁静的村庄来说就是一场安乐死，要不是掉了两片青瓦，它们的死亡根本就是无声无息的。对于老岳父来说，拥有小块土地，就可以漠视全世界，拥有三只鸡，就相当于活出了田园本色。如今，一只寡居的母鸡，带着身体里尚未浑圆的众多蛋，蜷缩于庭院，羽毛黯淡，而老岳父脚步虚浮，灵魂显露出锈铁和粗纤维的形状来。

他与坎上人家的对话在十分钟内迅速完成。岳父：你家毒猫的药放在哪里的呀？坎上人家男人：都放在高处的，你家屋顶上放了点。岳父：放哪里不好，放我家屋顶？坎上人家女人：我们赔。岳父：把放在我家屋顶的药收拾干净了，我还有一只老鸡母。坎上人家男人：你家死的公鸡不一定是吃我放的药死的。岳父怒：这么说，我不依，我也去买药来放你家屋顶试试？

我接到岳父打来的电话，陷入了许多莫名其妙的想象之中。那只神秘野猫，或许是前年被叔父一家抛弃的那只小母猫长大了。如今我大多写以诸佛村为符号的乡村题材诗歌。

设若要我在老人、鸡、野猫之间做出诗歌写作选择，显然是不能的，此外，这三者形成的故事性和人性，也不是我诗歌的选项，我的最终选项，将会是那一只尚未出世的神秘的野猫女儿，它有罕见的昂贵的家猫血统，由世代驯化到野性释放，这个过程不被凡俗所见。

时代嬗变与文化反刍

我在"青春诗会专号"以《野猫说》为题的随笔中谈到了一只猫的命运，今天我接着这个话题说，相当于是续写。我的亲人纷纷进城，在陌生的地方拓展生存空间，而他们一度养得像个乡村贵族的家猫，数年之后变成了野猫，并向自己的故地发起了袭击，掠走或撕咬残存的少量家禽。这只有着家猫血统的优雅动物，如今变成了野蛮动物，它的儿女们，避免不了沦落荒野。

与一只猫的野性释放不同，我的亲人们走在另一条道路上。我的不少亲人，都在城市的建筑工地上，敲钢模，下苦力，平常住在逼仄简陋的工棚。然而，这并不能阻止他们对生活的追求，他们纷纷买车，一到逢年过节，城市通往乡村的道路上的车，很多都是他们的，他们动作娴熟，神态舒缓，一点看不出与乡村有什么瓜葛。他们纷纷在城里购买商品房，孩子们都住在城里，上学或者与他们一起搞建筑。他们中的一些人逐渐变成了财富积累者，对现代文明的趋同，让他们的精神图景发生了新的变化。他们对都市生活从小心翼翼地试探到亢奋地追求，这是很有意思的现象。他们的儿女们，则完全适应了新的生活方式。他们中有的出生在乡村，而成长在城市，对乡野的印象模糊；有的则出生在城市，在他们的词典中，已经没有乡村了。

由此，我的写作，游离在城乡两端，我想这也是我的命运。从乡村疼痛到精神回护，这个过程不仅是我个人的经历，也是时代的必然。在我和我的亲人们的乡村——我曾经生活十多年的诸佛村，我写一声狗叫，遍醒诸佛，写村庄里的生死观和超脱感；我写洪水穿过村庄，空房子令雷声感到害怕；我写护河堤，洪水过后裸露出来的铁丝貌似只能指证蓝天；我写一片死寂的雪地上，饥饿的孩子，从未真正出现过欢乐；我写孤狼和独豹再也不会在村庄边缘嗥叫，寨子如同哑巴有话而又无语；我写祖传的银铃还在发出细碎的祝福，而银匠全部消失。在城镇，我写来自乡村的孕妇，将孩子分娩在城市里的古战场遗址；我写在诸佛村小河里的游泳少年，进城十年后当上游泳教练，在防空洞里发传单。

我就这样，一边和进城的亲人们建立联系，一边为他们写作。前段时间，我的一位亲人在生命枯竭之际要求回到村庄，那段时间，乡村生机勃勃人声鼎沸，前来探望的人从城里和邻村赶来，让死亡的气息显得不那么沉重。我们按照风俗，为他举行了葬礼，这也是他的愿望。我们尊重他原始而朴素的愿望。在长达二十多天的陪护中，我们见证了故土的回暖和乡村的繁荣。故去后，我们为他做了最古老的道场，严格按照代代相传的礼仪进行跪拜、踩桥、破城。这具有原始韵味的仪式，其实也是老人的精神信仰，而我们早已缺乏。

我就这样，在自己的写作中，在时代嬗变与文化反刍中，一边建立自己与地域文化息息相关的题材体系，一边又在试图找到最适合的呈现和表达，建立与地域文化的内在因子紧密联系的语言体系——隐忍的、谦卑的、神性的语言体系。那种略带光芒的内容和那种永不绝望的语气，就是我在诗歌中解决的两个问题——写什么和怎么写的问题。我想，村庄和城市先后对我的锤炼构成了我的人生，我在这个过程中的修炼，形成了诗歌。

诗人的影子

在诸佛村静寂的田园里，月亮独悬，星河沉默，我是安然的，静虚的，看得见自己和自己的独影，也看得见头顶的独月或群星。它们将光芒恩赐与我，而我未能实现最大的空灵和澄明。

后来我离开诸佛村，去了城市。那些光芒驳杂变幻，不再单纯，不再像村里的任何一种光芒都是恩光，而混杂着人造光和自然光，透出一些浮躁来。意外的是，我不止一次看到了自己的两个影子，在地面上浮动，带着一些惊惶。这是现实的我、心理的我吗？我是谁？

不止一次在电影里看到布满镜片的场景，影子大量出现，不仅是两个了，甚至是一长串，仿佛每一个人身后都带着一个影子的彗星尾巴。这种情况，现在几乎每天都遇到。我上下班的电梯轿厢由四面镜子围成，我在其中，会看到四个影子。正面的时候，四个影子两两相对，如同一个真名者和他的四个异名者。有时候我就恍然明白佩索阿的心境，在生活中封闭自己，但是由于有光和反射，有心灵的镜片，他的异名者接踵而来，蔚为大观。我在电梯里面还会试试自己影子的变化，都不会少于四个，即便侧身，也是四个影子在侧身，形成一个影子带着三个影子，一个紧跟一个的现象，恍若一个人，在逼仄的空间里出神，灵魂一分为四，分别出窍的，是贪嗔痴怨。

由是我便对影子本身所携带的诗意产生了兴趣。开始写一些城市里的影子，我的影子。开始将他者和自我，异名者和真名者，这类概念用形象呈现出来。我的肉体在场和心灵在场，往往滋生了不一样而又统一在一起的诗性空间。在一连串的影子的诗写中，我在现实介入的基础上，更加注重精神参与。我想诗歌的真实必然是物理的真实和心理的真实，只是心理的真实反复多变、难以捉摸而显得不像是真实。于是众多的"我"出现了。我通过影子，找到了我的多种临摹、多种复制、多种再现、多种显影，进而，企图让多个涉我性强的他者连缀起来，在一个近乎循环场域的封闭空间，找到自我抽离的出口。从文化宫，到两路口，到上清寺，到中山四路，到曾家岩，到人防洞，到大礼堂，再到文化宫，这个渝中半岛的小环线，是我日常的活动场所，对外界而言开放多元，对自我而言封闭自足，其间的若干次出神，产生了《致影子》这组诗。最开始，我企图以这种空间关系写一首长诗，后来发现这种具有节点性质的地理符号，不足以构成长诗的逻辑关系，更像是独立并列的组合，因此，称为组诗或许更合适。

在这样的大城市，一个影子，往往与踽踽独行、茕茕孑立、形影相吊这一类词语联系起来，给人以冷清和孤独感。但是，我想我的影子，其精神气质来源于光芒本身，首先我是有光的人，从来不缺少内心的笃定。只是，我的影子的气息是疲惫的。不管两个影子还是四个影子，都是疲惫的，都是疲惫的倍数，抑或疲惫的平方。这种经过放大的疲惫，便成为我一定时间里的小小的不安。

确实，我的影子的动感，是有些迷离的，有些晃荡的。或许，这就是生活的不确定感吧。现实介入太多，精神参与太少。我需要在诗歌中反过来，用少量的现实介入和大量的精神参与，打通我认识当下的隐秘通道。由于我影子的路径是仿古的，所以我的诗中会出现不少近代街道影子和建筑影子，我想这也暗合我复古的心境吧。当然，我的身体是没法返祖了。同时，诗中的现实，也是现代性的反映，人物和场景，都是现在的，而非过去的，还有一部分是未来的，我通过词语和句子指向，如同引而不发的路牌，我知道自己要去哪里。由于太过纵深，抑或是一种返回，我不能轻易下定论，也为自己留下余地。

诗歌说

我们愿意看到，诗人在近乎失败的边缘透出的诗歌微光，星星点点，但是真切迷人。如果诗人从一开始就选择容易走的攀爬路线，那他必然不会获得真正意义上的成功。

诗歌需要走歧路

用诗歌坚持自己的"错误"。换句话说：认准"歧路"走下去。

"错误"极有可能就是前瞻性的发现，进而抵达"准确"；"歧路"定然是"新路"，可能进入"绝路"，进而"掘路"而生。

诗人突破审美的藩篱，扩大思维的边界，向着未尽领域深入，呈现给诗坛新的风景，是一件很美妙的事情！美国诗人特雷西·K. 史密斯加冕美国桂冠诗人，便是诗歌原创力一再被肯定的例子。她的父亲在哈勃天文台工作，浩瀚无垠的宇宙和汪洋恣肆的想象力因子在诗人身上得以展现，她敏锐地捕捉到跨学科领域的诗意，在科幻小说和宇宙知识中浸淫，创造出特质明显的诗歌，超越小确幸和小情绪，呈现了不可多见的大气、辽阔、深邃和温度感。这是珍稀的瑰宝式写作，有格局的写作！

诗歌的创造活力和多样性不仅体现在对新的学科领域的掘矿式开采，而且每一种新体式的出现一样意义非凡，具有变法性的新品，也是我们对诗歌的阅读渴求。美国诗人罗伯特·哈斯的诗集《亚当的苹果园》，其中便有一些实验性的纯叙述诗，读起来似乎是微小说，而其诗意弥漫，让人确信它们是诗歌，其中关于人际关系的深刻启示，便是在这种文体样式探索中形成的巨大张力里得到的。

美国20世纪后半叶最有特质的后现代诗人之一拉塞尔·埃德森以"寓言体式"创作的诗歌，以"反诗歌"为特征，不仅内容上奇诡莫测、荒诞错乱，而且在形式上有意模糊文体特征，不分行，这实验性极强的、一度不被认为是"诗"的诗，最终得到了广泛的关注和喜欢，拥趸无数，其新鲜的体验和深刻的启迪，超越了众多传统意义上的好诗。当然，从时间上看，这些"鲜味"正在经历淘洗，变成"美味"。

小说化叙事，这种诗歌更讲究情节、戏剧效果和矛盾冲突，它确实具备一些小说的要素，但是它是分行的、诗意的。我曾尝试写过几首"小说"，没有成功。但是对我的诗歌创作影响是巨大的。我似乎找到了一些叙事的节奏秘密，语言组织的逻辑思维。比如说叙事的推进性节奏、召唤性节奏、音乐性节奏、情绪化节奏等。

当下文体边界在不断突破，散文化的诗歌和小说化的诗歌不断出现。我觉得这是好事，文学的发展，诗歌的发展，就是一个创新和否定的过程。

诗歌的可能性，这种来自未知的召唤，往往令诗人着迷。每当一首具有新面孔、辨识度、标签性的诗歌问世，诗人便完成一次冒险。21世纪以来，中国诗歌在经历"第三代诗歌运动"后，进入了平稳、丰裕、深厚的积聚期，佳作频现，渐成气象，然而，具有明显革新气质的诗歌并不多见。其间由于自媒体的兴起，诗歌的推广普及和创作都空前受益，一些具有个人想法的诗歌涌现了，流派和概念也在不断变换，但"鲜味"多，"美味"还有待酝酿。

现实感和精神性

诗人因为所处现场不同，诗写各异，气象纷呈。在物理现场流连的诗人更注重"现实感"——这些诗大多取材于现实境况，以客观描述为主，将个人情绪和精神境收藏得很深，只有暗示性或者事物本身的呈现性，我们能从中寻找到诗人内心的蛛丝马迹。这样的写法好在真切可触摸，能够具体感知，容易进入，避免了抒情的假大空。在心理现场浸淫的诗人则更注重"精神性"——以诗人内心修为和人生修炼的主观感受为主，进入情感、意绪等层面，将内心复杂多变、天马行空、自由无碍的景观书写出来，避免了过分沉溺于现实的琐碎和低沉。

人物现实题材类写法，必须要把人物命运观照到纤毫，不然，很难写出来。局促于斗室，缺乏对人物的了解，以及背后的文化风情，是不行的。

与注重日常经验和肉身体验的诗人不同，有一类诗是纯想象的产物，我称之为"心理在场"诗歌。这种诗往往借助意识逻辑，而非客观现实逻辑。它们在物理上的观感有点像是《天龙八部》的"凌波微步"，借助"移形换影"的脚步，由此及彼，及多点，及心理深层，形成真实而虚幻的场景，在心理的瞬间流动中产生各个"步点"的关联，从而形成不易觉察的行走路径，这路径看上去不是直线，不是网格，是一种无规则。但是，这种心理在场的无规则，又是合乎语言内部逻辑和心理内部逻辑的，是另一种规则。最后，诗意往往会在恍惚漂移中从某个出口爆发出来，让人读着欲罢不能。

对于一个诗人而言，特别是对当代写实主义的诗人而言，他面前的场景和人物都是真实的。但是一旦变成他的诗歌，真实就不存在了。这时候，他需要的是真诚。对于一个对现实世界有极度偷窥癖的诗人而言，利用好诗人的瞳孔，投射一些无限真实的小事物，并通过诗歌将小事物变成无限延伸的心理空间，变成另一种真实，是一件多么过瘾的事情。这个时候，诗人的那个小孔，就是摄取诗意的万能机械，安装着镜头、罗盘和撞针。

现实真实不等于诗歌真实。诗歌让现实的真实走向两个方面：减少了的真实和扩大了的真实。现实入诗，必定是现实的减少，不可能复制和对等。同时，诗歌又是扩大了的真实，它会让诗意变得更深远。苏珊·桑塔格《论摄影》里说，以影像的形式占有世界，恰恰是重新体验真实事物的不真实性和遥远性。诗人是用诗眼来占领自己的世界的，他眼下的真实，会在瞬间变得不真实，变得连自己的思维跑车都追不上。

生活经验成诗，会真切鲜活地击中我自己，并勾连起诸多追怀。但是这种隐藏的抒情性，不能热切表达，不然会损伤诗歌的微妙之意，而显得表白过度。所以我在诗中尽量冷抒情，内敛，引而不发，将强烈的情绪控制在诗歌的意象和意象变化中。

现实感和精神性，没有绝对的界限。诗歌是人间最有挑战性的艺术形式之一，其难度在两方面：一是现实介入的精准无痕，二是精神参与的超脱无碍。我想，这其中还有一个隐形的难度，就在于如何把技术上的精准无痕与精神上的超脱无碍结合到一定的程度上。或者说就是拿捏的力度，火候的到位。这需要反复练习，了然于胸，而又不囿于技巧，自然开阖，从容有度，古人称为"妙手"，今人称为"手术刀"。

诗歌材料个性化发展的命运

当诗人决定使用的材料、开始搭建一首诗歌的时候，其内部发展的逻辑便决定了这首诗歌的命运。一旦捻起一个材料，即便是很局部、很细微、很次要、很细枝末节的，也会代表一部分意义的生成，且后续无法更改，与接踵而至的关联性材料一起，向一首诗歌的外围和核心进发。也就是说，诗歌材料的不同，使得诗歌运行的轨迹不一样，诗歌所呈现的生活实践和心理实践，都会带着不一样的面部表情，使得诗歌的遭遇和境况都迥异，进而形成不同的诗歌美学效果。所以，除了诗人本身的个性，他的素材也是个性的。当这种个性发展到命运攸关的时候，就会形成风格的一部分。

当诗人具有了秉性上的个性，再具备了材料使用的个性，然后再具有材料仓储里别致的管理方式的个性，那么，诗歌的个性三维才最终成型。材料是口粮，使用的语言方式，抑或修辞，是恰当安排口粮的方法。

当下诗坛，呈现的作品选材上模仿，修辞上临摹，立意上盗窃，一些表面繁荣的假象，掩盖了创造力不足的窘况。诗人们热衷于在认可度高的大众化写作上不断复制，赝品不绝。功利主义迷惑了很多诗人的头脑，成功学成为部分诗人的诗歌修炼。越是如此，清醒的诗人越将诗歌的边界拓展得更宽，个人化和集体意识的关系把握得更好，更有艺术上的探险精神，更不怕写坏，不怕铩羽而归。

我们愿意看到，诗人在近乎失败的边缘透出的诗歌微光，星星点点，但是真切迷人。如果诗人从一开始就选择容易走的攀爬路线，那他必然不会获得真正意义上的成功。他获得的可能仅仅是虚名的老年斑，是发表的紧箍咒，是获奖的毒罂粟。

有效地选取和管理诗歌材料的诗人们，是发现了诗歌材料命运密码的人。是的，他们在新的诗歌语境中，以独立的清晰的面貌，呈现了自己的气象。

诗歌材料从一开始就不是诗歌的配角，而是诗歌美学的答案。它不仅是诗歌的肌理，更是诗歌的血脉，是诗歌格调的底座。我们愿意欣喜地看到审慎使用每一个诗歌材料的诗人，用自己向死而生的勇气，把诗歌的精神提升到新的境界，从而形成新的美学体系。

大词与排比

一个人迈过一些心理关，就会豁然开朗，内心修为将会决定作品的进阶。

因为诗人不是哲学家，把哲学意蕴写成说教就不是诗歌了。只有诗人本身的认识到了位，在诗歌中自然流露出来，作品就会陡升层级。

我时常觉得，诗歌其实是诗人内气的外露。心有怨怼之人的诗歌时常有戾气，心有阴郁之人的诗歌时常有冷气，心有刀斧之人的诗歌时常有杀气，心有草木之人的诗歌时常有静气，心有温情之人的诗歌时常有暖气。

诗歌是有温度的，它必然具有人情味和悲悯性；诗歌是有风度的，它必然具有语言美和风情美；诗歌是有深度的，它必然掘进人性深处；诗歌是有维度的，它是生存、生活、生命、情绪、信念、信仰的综合体。

我相信，敢于使用大词的诗人，必有强大的精神力量，有宗教情怀、赴死情怀和悲悯情怀。在当代叙事中，特别是以事实和细节取胜的潮流中，使用大词语，是少数人所为。这少数人中的少数人，凭借内心的绝望，臻达另一种涅槃。多数使用大词，装神秘主义和大气者，均是画虎不成反类犬。只有极少数人，真正抵达了词语的磁场，穿梭于自由时空。

多年来，我一直反对用排比句写诗。而今，不得不用排比句了。偶尔用用并列式排比，别嫌初级；多用用递进式排比，节奏感好；有时候用用循环式排比、顶针式排比，也蛮过瘾。人生没来得及铺排，用语言来奢侈一下也好。而排比用在亲人那里，则是必需的礼品，必需的祭品。

诗人最后拼的是自己的心性。诗人和诗歌密不可分，两位一体，气质自然流露，水到渠成，终成格局和气象。

应极力避免惯性写作与同质化

诗坛表情一样的诗歌实在太多。

为了避免落入窠臼，我常常如履薄冰，提醒自己：

写下一句诗，连贯自然而出的第二句，往往不是最好的，极有可能是重复自己或者重复别人。写下一节诗，连贯自然而出的第二节，往往不是最好的，极有可能是重复自己或者重复别人。诗写中避免陷入语言惯性和思维惯性，避免语言打滑和思维扁平，当成为自觉意识。

描写类诗歌不可拘泥于形象的摹状，要拉得开，从此空间进入彼空间，从此时间进入彼时间，从客观经验进入生命体验，从形象思维进入抽象思维。但不可人为拔高，需要自然而然意味尽出。这种拉开，主要是精神层面的拉开，自由穿梭而又深邃有力。

理念先行或者说教开篇的诗歌，往往就是用一个套子装上一些句子，反而是一种束缚，并且往往生硬不自然。最后提炼和拔高的诗歌，就是把原本具有无限空间和张力的诗句，用一个绳索捆起来，还是一个套装。还有更紧促的，总分总结构，绑得气都出不了。但是，以上只是因为度没拿捏好，只要控制力强，随便怎么写，都能出好东西。这实际上就是闭合结构和开放结构的区别。

通过咏物而实现哲理融汇的，往往离不开比喻、拟人，这些写法是很普通的。还是要写自己在事件或者场景中的真切感受好些，介入生命，从而找出人生哲理或其他思想内涵。

不要太注重意义，特别是不要提炼出意义；要注重意味，意义要自然生成。偶尔提炼出意义也是可以的，但切不可过度。一直都在提炼，是对意义的伤害，反而降低了张力。

小的，就要写大；大的，就要写小。就是说细微的要写出博大的情感和思想，辽阔巨大的要落实到具体的小事物上。写小事物，就不能拘泥于描绘，要拓展；写大事物，就要从空洞中回到细部的描绘上来。

超越和超拔

写底层，要超越苦难；写爱情，要超越轻佻；写批判，要超越愤怒。

近十年来，风起云涌的"底层写作"中，苦难之书写比比皆是。我也曾经以为生活日常便是真正的诗歌发生场，但是过了一段时间，也就是近五年，我发现沉陷于琐碎，即使接上地气，也难以实现人生修炼的终极目标，我们需要生活中的痛感，但是那远不是真正的诗性，随着年龄的增长和人生际遇的反复锻打，我逐渐意识到，我心目中真正的诗歌是善，是诞生和死亡，是无可把握的神秘性和无常性。当诗歌

中宣泄苦难过度，即为另一种矫情。哀而不伤，苦而不难，应成为一种人生自觉，当然也是我的诗歌自觉。

作为诗歌写作永恒题材之一的爱情，从《诗经》就开始了，那种通透唯美、直接热烈，至今让人心动。然而，在当下诗歌写作中，出现一些超出底线的东西。诗歌固然要书写人性，但诗歌之所以是诗歌，就是因为它对我们灵魂的引导和荡涤，这相当于是自我的修炼。不管别人怎样，我要写的诗歌，是我的女儿能读的。

至于诗歌中的批判，是一个有社会担当和人类良知的诗人应该做的。我想说的是，设若我进行批判性写作，不能像是在泄私愤。

"超拔"这个词语本是一个佛教用语。我的意思是，诗歌写作的难度不仅是一种艺术修为的难度，更是一种人生修为的难度。要尽可能地用善、不忍、慈悲的眼睛来看待每一个词语。

数学不好的诗人是可耻的

当我的生活越来越依赖数字，诗歌便越来越借助数字的排列和转换。世界的中心已经由数字构成，所谓智能化，数字化，其实就是古汉语的象形会意和书写功能逐渐丧失。站在金融中心的每一块砖头上，我都觉得是站在一个数字上，我的脚趾和手指，都是因为数字而存在的，踩、摁、拨、按，都以数字为基本准则。这时候，诗歌退守血管，进而扼守心门，身体内的数字像是药物一样源源不断。

我相信诗歌在变成科学之前最后一道防线就是被负数攻破的，每一个负数，都长着一副无辜的样子。数字，将亲手送我到诗歌那里去。走在数字的地铁轨道上，一站一站地越过，看起来钢化玻璃里的每一个面孔都是向内的，奔向更加智能化的人们，每一个都要做自己的反义词，都要代替光芒去找到黑夜，而黑夜都源自遥远天体的空中灾难，一直在预言，一直在发生。我们或许要经过黑白键，发出简单的乐声，这加重了艺术的恐惧。

任何事物都可以用数字替代。从遥远的五线谱开始，到未来诗歌词汇的匮乏。倾听天籁和阅读古典，都变成少数人的权利。这种权利，都可以用数字来遥控。诗人还在使用隐喻，因为大数字时代只有修辞手法有反抗的可能。诗歌对数字的敏感基于辨析和规避的本能。我们需要知道二十四重人格是怎么被自我发现的，那将是人对数字反抗无效的自我分崩离析；我们需要知道十一种人生活出来是什么样子，那将是人被数字解构后的样子，当然，庖丁只需要一把刀和一个点，将"二百零六"这个有关骨头的数字纷纷化解。之后，自成体系的数字虚拟世界，那些被无线电和磁场编织的网络，将诗歌带入了静音之中。于是诗歌就成了数字的静音。看上去，这和死亡没什么差别，也和微生物统治地球没什么差别。

　　如果有人强迫你，让你认识数字"一"，那是你父亲，因为血统和爱；如果我喜欢在诗歌中插入数字，请原谅，那是因为我恐惧。因为，在当下和未来，数学不好的诗人都是可耻的。